OPERAÇÃO CYBERPUNK
HACKEANDO O M.E.D.O.

Eduardo Tito

Operação Cyberpunk

Hackeando o M.E.D.O.

ISBN: 9798858729365

Sumário

Fazia tempo que não ventava daquele jeito. A chuva era densa. As gotas que tocavam as águas do porto naquela noite geravam uma melodia serena, que contrastava com o agito dos robôs de carga trabalhando logo à frente.

Além do porto, havia uma metrópole com um intenso movimento de pessoas. Aquelas mais humildes andavam pelas ruas barulhentas, e uma minoria abastada vagava pelas passarelas que conectavam os arranha céus luminosos, permeadas por jardins e pisos de mármore. Embora o povo das passarelas e o povo das ruas raramente tivessem contato, todos estavam distraídos com seus assuntos particulares, tinham pressa, eram preocupados com problemas criados pelos avanços da vida moderna.

Em um dos prédios no centro da cidade, uma mulher ainda trabalhava. Naquela escura sala de monitoramento, a luz dos diversos painéis refletia nas lentes de contato em seus olhos. Tinha uma expressão compenetrada; estava tão absorta que quase não ouviu o telefone tocando insistentemente em sua mesa. Tirou sua atenção dos painéis, suspirou e atendeu.

Do outro lado, uma voz estridente suplicou:

— Capitã Margarida, está acontecendo de novo! Precisamos de você aqui embaixo agora!

Não teve tempo de perguntar por mais detalhes — e nem precisava, pois podia imaginar do que se tratava. Tocou suas pernas, levantou-se lentamente, pegou o sobretudo escuro que estava pendurado na cadeira, e o vestiu. Andou até a porta, que se abriu sozinha, deslizando para o lado. Depois de passar horas na penumbra, a luz que vinha do corredor fustigou sua vista. Franziu a testa e seguiu por ele a caminho do elevador.

A parede externa era transparente e permitia que ela visse, lá embaixo, a chuva que tomava a cidade até o porto, molhando as passarelas elevadas e as ruas sombrias. Enquanto caminhava, deu mais um respiro profundo, aliviando, por um breve momento, a tensão em seu pescoço.

À medida que avançava pelo corredor, passou em frente à sala que monitorava acidentes de trânsito, onde também havia gente trabalhando. Mais à frente, outro espaço era dedicado ao monitoramento do uso de energia. E a última sala antes do elevador era para monitorar distorções estatísticas no aparecimento de doenças genéticas.

Pensou em quanto uma humanidade superpopulosa precisava de ajuda para sobreviver e orgulhou-se de ser uma das fundadoras daquela organização, que agregava dados em massa de diversos aspectos da vida cotidiana para identificar padrões anormais. Sua instituição poderia ter evitado os trágicos eventos nos campos de soja quarenta anos atrás, quando um experimento de terapia com vírus dera errado e armas nucleares tiveram de ser usadas.

Margarida sempre fora obcecada por descobrir mais sobre aquele incidente, pois carregava consequências dele no corpo e na mente. Mas nunca conseguira acessar os segredos daquele experimento, pois pertenciam a uma corporação que dispunha da defesa mais avançada que existia, controlada por uma inteligência artificial conhecida como Sistema M.E.D.O.

Logo seu relaxamento se esvaeceu. Enquanto caminhava até o elevador, uma luz verde começou a piscar no canto da tela projetada em sua lente de contato, indicando o recebimento de uma mensagem: "Você tem 01 novas ligações não atendidas".

Margarida se lembrou de que o maior desafio da sua vida a aguardava no andar subterrâneo 11. Tinha a oportunidade de reunir uma equipe de pessoas com talentos únicos que, juntas, poderiam invadir o Sistema M.E.D.O. Chacoalhou a cabeça para dispensar a mensagem e desconectar o computador que vestia, pois ele utilizava sua rede neural como processador e, naquela ocasião, ela precisava estar plenamente focada. Apressou o passo até chegar em frente ao elevador.

Entrou com passadas largas e olhou-se no espelho. Apesar do cansaço, mantinha a altivez da juventude. Era uma bela mulher em seus 52 anos. Ajeitou o chapéu militar sobre os cabelos brancos presos em um coque bem firme. Passou a mão para certificar-se de que estava na posição correta. Deslizou-a pelo pescoço e, passando pela gola, alcançou, dentro da camisa engomada, um pingente prateado no formato de uma coruja. Fechou os olhos com força e esfregou-o com o polegar e o indicador, um hábito que a ajudava a se concentrar.

Largou o pingente dentro da camisa. Abriu os olhos e verificou a pistola no coldre axilar. Ocultou-a cobrindo-a com o casaco e o sobretudo.

O elevador parou no andar subterrâneo 11 com um tranco. Lançou um último olhar ao seu reflexo, como se estivesse se despedindo de si mesma. Virou-se e se pôs a caminhar, marchando pelo corredor subterrâneo. O caminho era muito diferente do que havia acima: a luz era mais modesta e as paredes eram de cimento. Mas o barulho do salto de suas botas a ecoar cadenciadamente era o mesmo, e anunciava sua chegada.

Alguns metros à frente, uma porta se abriu, deslizando para o lado. Dali saiu uma jovem franzina e baixa, vestindo o mesmo tipo de uniforme. Estava com o coque bagunçado em seu cabelo loiro. Apoiada na parede, foi se acalmando à medida que via Margarida se aproximar confiante, mesmo com suas pernas pesadas.

A capitã parou em frente à porta e olhou sua colega nos olhos. Ateve-se assim por um instante, enquanto pensava. Finalmente, falou:

— Hortência, se acalme e me diga o que aconteceu.

A moça, ainda nervosa, respondeu com sua voz estridente:

— Ele está tendo outra daquelas crises! Imagina se isso acontecer durante uma operação em campo!

Prantos e lamentos começaram a vir de dentro da sala, interrompendo a conversa.

Margarida entrou com passadas firmes. A porta se fechou, deslizando atrás dela, deixando sua colega para fora.

A sala era bem iluminada e ampla. Tinha apenas uma mesa no centro, com duas cadeiras simples, uma das quais estava tombada ao lado de uma poça de água. Havia uma tela de vidro escuro em uma das paredes. Perto dela, dois pequenos drones pairavam sobre um homem agachado, segurando os cabelos escuros e curtos com as duas mãos. As hélices dos drones reverberavam como o barulho de insetos, mas mais intenso.

Margarida andou até a cadeira tombada e a levantou. Retirou o sobretudo e o estendeu sobre ela, sem tirar os olhos do homem.

Ele balbuciava algumas palavras que, naquele momento, não fizeram sentido para ela:

— Eles são muito maiores do que nós… muito maiores! Não temos a menor chance, e o tempo é curto… estamos condenados!

Um dos drones lançava uma luz intensa no rosto dele, e o outro o filmava. Ao se aproximar, Margarida fez um gesto amplo com a mão, que era o comando que os dispensava. Imediatamente, o drone que carregava o canhão de luz o desligou. Ambos voaram até a mesa e ali pousaram.

Um silêncio aconchegante se estabeleceu. Ele começava a dar sinais de que estava voltando à razão. Levou as mãos da cabeça até os braços, ficou se segurando com força. Seus murmúrios deram lugar a um choro contido.

Ela chegou mais perto e se inclinou na sua direção. Embora Margarida emanasse autoridade, seu olhar, naquela ocasião, não carregava julgamento. Trazia uma expressão acolhedora no rosto.

O homem foi girando a cabeça, voltando-se lentamente para ela.

"O que será que ele vai me revelar desta vez?" pensou.

ÁQUILA - O CLARIVIDENTE
- CABELO DESGRENHADO
- BARBA MAL FEITA

Áquila tinha a barba malfeita e os cabelos desgrenhados. Seus olhos estavam avermelhados.

Quando seus olhares se encontraram, Margarida viu suas pupilas dilatadas voltando ao normal, pouco a pouco. Ele começou a percorrer com a visão sua boca, queixo, pescoço, gola da camisa e se concentrou em um ponto no tórax dela. Era como se sua visão trespassasse seu casaco, revelando a arma que estava oculta ali atrás.

Precavida, recuou um passo, cobrindo a pistola com a mão, instintivamente. Ele continuava focado naquele ponto e murmurou:

— Nossas armas não vão funcionar... está chegando rápido, e não há nada que possa ser feito!

"Não há nada que possa ser feito" era uma expressão que a incomodava. Trazia memórias intensas de situações críticas que superara. Mexia com seu ego, sentia que sua capacidade tinha sido afrontada. Entretanto conhecia-se muito bem, a ponto de saber que o incômodo vinha mais de dentro de si do que do homem. Claro que não era intenção dele afrontá-la, pensou.

Permitiu-se um momento de pausa, retomou sua respiração longa e falou, pacientemente:

— Senhor Áquila, eu também quero que tudo acabe bem. Estamos juntos nisso. Esta organização tem recursos, informação e as melhores pessoas. Incluindo o senhor. Preciso do seu talento para executar uma missão que pode mudar tudo.

Embalado pelo ritmo da fala dela, o homem foi se recompondo, paulatinamente. As mãos aliviaram a força com que seguravam os braços. Ele foi ficando cada vez mais compenetrado.

Seus olhares se encontraram de novo, e ambos silenciaram. Finalmente, Margarida lhe estendeu a mão.

Áquila suava frio, e seus dedos estavam úmidos. Aceitou a ajuda da capitã, que lhe deu um pequeno impulso para que ele pudesse se levantar. Em seguida, apontou para a cadeira que havia erguido e se sentaram.

Margarida sentiu um calafrio na espinha ao ver o semblante dele do outro lado da mesa. Era uma expressão de quem sabia de uma informação importante, mas não contaria. Ela concluiu que, naquele momento, seria contraproducente tentar fazê-lo falar. Então decidiu mudar de assunto, com a finalidade de construir uma ligação de confiança:

— Estamos trabalhando no seu caso. Logo descobriremos uma forma de ajudá-lo.

Embora o homem não estivesse olhando diretamente para ela, Margarida tinha certeza de que ele a ouvia. Áquila havia pegado um dos drones de cima da mesa e analisava-o cuidadosamente enquanto ela dizia:

— Durante o tempo em que estivermos evoluindo com a pesquisa sobre o seu caso, se tiver qualquer dificuldade, peça para me avisarem. Pode me chamar de Meg.

Áquila falou repentinamente uma daquelas frases que, na hora em que foram ditas, pareciam não ter sentido, pois eram ecos do futuro em uma mente barulhenta:

— Ele ainda está nos ouvindo… canalha.

Surpresa, Meg franziu a testa e o encarou, esperando uma explicação. Ele devolveu o drone para a mesa, inclinou-se em direção a Margarida e, mudando de assunto, sussurrou:

— Pegue leve com ela… terminou um relacionamento ontem. Mas logo já estará recuperada.

Assim que terminou de falar a porta se abriu. Hortência entrou com passadas desajeitadas segurando uma caneca de plástico duro. Margarida a observou enquanto ela caminhava em direção à mesa e notou manchas escuras ao redor dos seus olhos "Deve ter chorado bastante recentemente...", cogitou.

Hortência colocou a caneca na mesa. Um silêncio constrangedor tomou a sala quando Margarida e Áquila viram que a caneca estava vazia. Um instante depois, Hortência também percebeu que se esquecera de a encher de água.

Envergonhada, abaixou a cabeça, agarrou a caneca e saiu apressada, esperando que eles não tivessem se dado conta da sua falta de atenção.

Sozinhos mais uma vez, ela perguntou:

— E o que mais?

O homem desviou o olhar para a mesa, incomodado com a pergunta. Então Meg foi mais direta:

— Consegue utilizar seu talento sempre que quer? Poderia fazê-lo durante uma operação, ou sempre que eu lhe pedisse?

E, ineditamente, ele lhe respondeu tentando fazer sentido:

— Sim. E não... posso forçar uma visão sempre que quero, mas, às vezes, elas chegam embaçadas. E quanto mais eu faço força, mais os fantasmas vermelhos se aproximam de mim. Além disto, para onde quer que eu direcione minha visão, tragédias acontecem. Para piorar, às vezes a uso sem querer, basta pensar em algo...

Após dizer aquilo, o homem começou a tremer e olhou ao seu redor. Suas pupilas começaram a dilatar. Caiu no chão, derrubando a cadeira. Abraçou os joelhos, fechou os olhos e chorou.

Margarida estava satisfeita porque conseguira extrair as informações que lhe permitiriam definir um curso de ação mais preciso, do jeito que gostava. Estalou os dedos, que era o comando para reativar os drones. Eles ligaram suas ruidosas hélices e ficaram pairando no ar acima do homem.

Ela se levantou, pegou o sobretudo da cadeira e o vestiu, estufou o peito e caminhou até a porta, que se abriu, revelando Hortência chegando com uma caneca transbordando.

Margarida parou na saída da porta, bloqueando a passagem. Assim que Hortência fez contato visual com ela, balançou a cabeça em negação. Ouvindo os prantos desesperados vindos do interior da sala, entendeu que não era um momento apropriado para levar água ao homem.

As duas se afastaram da porta, que se fechou atrás delas.

Andaram na direção do elevador, conversando:

— E então, Meg, é muito crítico?

— É surpreendente! Ele não só viu eventos no passado e no futuro como também adivinhou o que eu iria perguntar e me respondeu antes mesmo de eu perguntar!

— Mas como...

De tão empolgada que estava, nem deixou Hortência terminar a pergunta:

— Precisamos arrumar uma maneira de manter os tais "fantasmas vermelhos" afastados dele. É isso que deflagra suas crises. Vou falar com sua capitã para ver como está o rastreamento daquela pista que tínhamos.

Disse "sua capitã" com desprezo, mas a conversa foi subitamente interrompida por uma gargalhada sádica que vinha de uma sala em frente àquela onde haviam estado.

Elas se entreolharam enquanto Margarida sacava a pistola do coldre. Foi andando rápido até lá e Hortência a seguiu.

Pararam em frente à entrada e Margarida fez sinal com a cabeça para que sua colega entrasse. Hortência posicionou-se em frente à porta que se abriu, deslizando. Ela entrou e se moveu rapidamente para o lado, deixando o caminho livre para que Margarida entrasse apontando a arma para o centro da sala.

O local parecia ser uma sala de espera. A iluminação indireta proporcionava uma atmosfera acolhedora. Havia assentos estofados encostados nas paredes, um dispensador de refrescos com temas hexagonais como uma colmeia, uma tv presa na parede ao lado dele e duas portas no lado oposto, com placas indicando serem banheiros. No centro da sala ficava uma grande mesa de trabalho semicircular com dois monitores, dois telefones embutidos, uma cadeira vazia e outra ocupada.

As gargalhadas haviam parado, mas os prantos de Áquila eram reproduzidos por um dos telefones em volume alto, preenchendo a sala. Ao mesmo tempo, a tv mostrava Áquila no chão, conforme era filmado por um dos drones.

Um homem estava sentado em uma das cadeiras, de costas para a porta. Tinha os pés cruzados, colocados displicentemente sobre a mesa, calçando coturnos impecavelmente lustrados. Vestia uma calça folgada, escura, e uma regata branca. Sua cabeça, ostentando um vistoso penteado rastafári, repousava em suas mãos. Seus braços eram musculosos e compridos. O direito era todo tatuado com uma serpente verde, e no antebraço esquerdo tinha a tatuagem do dorso de um leão.

— O que está acontecendo aqui!? Desconecte-se agora! — ordenou Margarida, furiosa, apontando-lhe a arma.

O HACKER
- RASTAFARI
- BRAÇOS LONGOS E FORTES
- CALÇAS LARGAS
- BOTAS LUSTRADAS
- TATTOS (BRAÇOS)
SAPATOS
DORSO DE UM LEÃO

Bem devagar, o homem pegou uma lata vermelha de refresco que estava ao lado de um dos monitores. Tomou um gole sonoro, tirou os pés de cima da mesa, sentou-se com as pernas espalhafatosamente afastadas e, finalmente, girou a cadeira na direção da entrada. Mantinha a cabeça inclinada para trás e uma sobrancelha erguida.

Margarida estava ofegante, cansada e com a paciência no limite. Hortência olhava fixamente para ela, esperando ver qual seria sua reação. A crise de Áquila estava no ápice e seus gritos reproduzidos por um dos telefones na mesa com o volume exageradamente alto era ensurdecedor.

— Desligue a tv, o telefone e se desconecte. Agora! — Margarida ficou ainda mais brava por ter de repetir.

O homem permaneceu imóvel por mais alguns segundos, enquanto se encaravam. Então expirou ruidosamente, e falou com uma voz arrastada e rouca:

— Está bem, está bem... não me mate ainda, Meg...

Com um meio sorriso irônico no rosto, apontou para o telefone, que era o comando para o desligar, e depois para a tv, que também se desligou.

— Seu doidinho de estimação na outra sala é engraçado!

Margarida sentiu o sangue ferver. Ele a irritava de tantas maneiras que lhe embrulhava o estômago simplesmente pensar em entrar na sala onde ele havia sido colocado. Continuou apontando a arma. Permitiu-se um tempo para recuperar seu padrão de respiração e disse:

— Confiscamos seu computador para que permaneça desconectado. Senhor Vúlpio, entregue-o para nós, agora — olhou para Hortência e, com a cabeça, fez um sinal na direção do homem.

A moça andou até o centro da sala, preocupada em não passar entre ele e a mira da pistola, enquanto o homem chacoalhava a cabeça para desconectar o computador que vestia. Em seguida, retirou a lente de contato do olho direito, deixando-a sobre a mesa.

Hortência pegou a lente e se afastou para um canto da sala, tomando cuidado para não derrubar a água da caneca.

Margarida voltou a falar, guardando a pistola no coldre:

— Não vou perguntar onde arranjou o computador, nem como hackeou os drones. Porém, esteja avisado: se tocar em outro computador novamente sem a minha permissão, vamos realocá-lo no andar que chamamos de "masmorra", onde você não ficará confortável.

Fez sinal para Hortência, para que deixassem a sala, e começou a virar-se para sair de lá. Mas uma gargalhada debochada a interrompeu. Quase se engasgando com o próprio riso, o homem disse:

— A "masmorra" está lotada, eu vi nos registros. Não pode me levar para lá… Huahua. Não blefe para mim, Meg…

"Que ousadia!" pensou ela. Hackear os registros internos era uma transgressão inaceitável. Respirou fundo e decidiu mudar de estratégia. Já que estava ali se desgastando, depois de um dia cheio, extrairia alguma informação útil daquela situação. Enérgica, porém receptiva, incentivou-o a continuar se gabando:

— E o que mais?

O homem, muito à vontade, se inclinou para a frente, olhos brilhando, e prosseguiu:

— Vi seus memorandos internos também. Não vai conseguir esconder nada de mim, Meg…

Ela estremeceu. Aquilo havia extrapolado qualquer limite aceitável. Era um perigo mantê-lo ali, invadindo todos os sistemas, inclusive, seus memorandos pessoais, embora talvez fosse pior deixá-lo nas ruas, concluiu. Engoliu em seco, tentou mostrar que se mantinha centrada:

— Hum… e o que mais?

— Eu sei por que me mantém aqui. Mas não vai funcionar… Huahua. Sei de vários que já tentaram fazer o que você quer que eu faça. Tentaram invadir aquele sistema e o resultado foi o mesmo: tiveram suas cacholas fritas por programas antivírus.

Mudando completamente o tom, Margarida seguiu o instigando:

— Senhor Vúlpio, que decepção! Se nem você pode fazê-lo, talvez seja melhor mesmo deixá-lo ir…

— …Huahua.

— Do que você precisa para conseguir?

— Sem essa. Eu quero preservar esses caracóis — falou, abraçando a própria cabeça com os braços tatuados.

— Esta organização tem recursos, informação e as melhores pessoas. Quer dinheiro? Quer um computador restrito? — percebendo que não estava lhe causando nenhuma reação, resolveu apelar — Sabe, você se tornaria uma lenda viva. O maior de todos. O único a conseguir invadir o Sistema M.E.D.O. …

Ele ficou batucando na mesa com a ponta dos dedos, começando a demonstrar sinais de interesse. Margarida estava quase conseguindo o que queria, embora ainda não fosse o suficiente. Ela continuou:

— E sua mãe ficaria orgulhosa.

O homem parou de batucar na mesa, cerrou os punhos, e arregalou as sobrancelhas. Ela sorriu contidamente, triunfante, pois havia descoberto uma forma de motivá-lo. Estufou o peito e disse, enquanto saía da sala:

— Vou fazer uma visita para ela. Até logo, senhor Vúlpio.

Saiu sucedida por Hortência e um rastro de água derramada no chão, com a porta se fechando atrás delas, deixando o homem atordoado.

Parecia que Margarida mal havia fechado os olhos, após ficar ouvindo as lamúrias de Hortência em um bar, e já estava na hora de se levantar. Haviam sido umas três horas de sono, mas jurava que tinha apenas deitado na cama.

Despertou com cheiro de café misturado com o som suave de bossa-nova que aumentava progressivamente, tocado em cinco autofalantes espalhados pelo seu apartamento. Sr. Strudel, seu drone doméstico com quatro grandes hélices silenciosas e quatro braços, preparava seus ovos mexidos. Tinha um smile de orelhas de gato mostrado em uma tela suspensa entre as hélices para representar sua personalidade.

As cortinas se abriram automaticamente, inundando o quarto com os primeiros raios de sol do dia, que entravam através das grandes janelas. Esfregou os olhos e se sentou na cama. Embora o tempo de sono tivesse sido mínimo, estava tão empolgada que não prestou atenção ao fato de que seu corpo ainda estava pesado. Afinal, estava perto de conseguir compor um time capaz de realizar algo impensável até aquele dia. Mexeu nas pernas, colocou-se de pé e andou até a cozinha.

Sr. Strudel disse, com a voz mais amistosa que se poderia imaginar, um sonoro "Bom dia, senhorita Margarida!" Ao que ela sequer deu ouvidos, pois seus pensamentos já estavam distantes, sua mente focada demais para que respondesse a um robô.

Apontou o dedo para uma das paredes da cozinha. Aquele era o comando para que sua agenda da manhã fosse projetada ali. Comeu rapidamente enquanto revisava seus compromissos.

Tomou banho, fez seu coque impecável, vestiu-se, pegou seu sobretudo e saiu. Tomou o elevador e desceu até a plataforma elevada do 21º andar, que conectava seu prédio com um edifício de garagens.

Atravessou-a alternando passadas rápidas com pequenas corridas, esbarrando em algumas pessoas no percurso. Em meio à pressa, empolgação e rotina, mal reparou em como a passarela era bonita. Tinha o piso de mármore e era permeada por samambaias, cujas folhas ficavam suspensas e visíveis da rua, balançando com o vento.

Entrou em seu Aston Martin preto, falou o endereço e colocou o cinto de segurança. O carro pegou a estrada que levava até um bairro humilde nos arredores da cidade, onde encontraria a casa da mãe de Vúlpio. No caminho, segurou o pingente de coruja, apontou para uma das janelas do carro e esta projetou a imagem da capitã Flora, com quem tinha uma videoconferência agendada enquanto estivesse se deslocando.

— Bom dia, capitã Flora. Rastrearam aquela pessoa?

Do outro lado da videoconferência, havia uma mulher que, embora tivesse a mesma idade de Margarida e tingisse os cabelos de preto, aparentava ser mais velha. As papadas revelavam sobrepeso, mas seu coque também era perfeito. Assim como Margarida era superintendente da Divisão de Monitoramento, Flora era superintendente da Divisão de Rastreamento. Tinha uma voz quase tão grave quanto a de um homem.

— Bom dia, capitã Margarida. Com certeza, pois ela é notável. É curadora no museu de artes antigas. Se for vê-la, tenha cuidado. Descobrimos que algumas pessoas começaram a agir de forma suspeita após terem tido contato com ela. Sugiro que vá armada, mas à paisana, senão ela desaparece. Mais tarde lhe enviaremos a ficha completa dela — fez uma pausa e perguntou, em um tom irônico: — E o que pretende fazer com aqueles seus animais presos? Está saindo caro mantê-los em nossa base...

Margarida sabia que aquela forma de falar era uma provocação. Permitiu-se alguns instantes para escolher bem suas palavras e respondeu:

— O custo de mantê-los é insignificante comparado ao que conseguiremos com suas habilidades. Finalmente conseguiremos hackear o Sistema M.E.D.O. e acessar os segredos daquele maldito vírus.

— Capitã, não é a primeira vez que nos diz isso…

— Desta vez é diferente. Eles são muito especiais. Vúlpio hackeou meus memorandos pessoais apenas com os computadores da sala de espera do subterrâneo 11. Áquila me falou o que eu queria saber sem eu sequer ter perguntado!

— São truques interessantes… mas eles não são soldados.

— Estou descobrindo o que os compele a agir e farei com que suas motivações estejam alinhadas com a missão. Serão bem mais empenhados do que um soldado comum. Só preciso de mais alguns dias.

— Suas suposições são pesadas, capitã, e me parecem mais um de seus devaneios…

Fez-se um silêncio incômodo. Enquanto Margarida respirava, pensando nas próximas palavras, Flora retomou sua fala:

— Vamos imaginar que consiga fazer o que falou. Que consiga controlar seus animais e coordená-los para atuarem conforme sua direção. Ainda assim, pode ser que não encontre nada lá. Tanto esforço, custo e risco por nada. Não vale a pena.

Margarida expirou longamente. Uma parte de si queria acreditar que realmente não valia a pena. Seria bem mais fácil assim. Entretanto, havia outra parte cuja empolgação não havia sido afetada pelo ceticismo de sua colega. Esperou o carro fazer uma curva acentuada para subir num viaduto (pois a trajetória brusca a desequilibrara no banco) e respondeu com energia:

— Valerá a pena, sim! De qualquer maneira, conseguiremos algo precioso. Se não houver nada mesmo, saberemos que o que temos procurado por todos estes anos não está lá, o que nos deixará mais perto de encontrá-lo. E teremos provado que nenhum sistema é inviolável. São duas conquistas valiosas.

Viu do outro lado da videoconferência que a capitã Flora estava pensativa. Era o momento perfeito para desligar, concluiu Margarida. Uma sombra se projetou sobre o carro, que ainda rodava em alta velocidade pela estrada. Olhou em volta e agiu como se já tivesse chegado em seu destino, para ter um pretexto para encerrar naquela hora.

— Capitã Flora, preciso desligar. Lembre-se, só preciso de mais alguns dias, e vai valer a pena.

Respirando aliviada, ajeitou-se no banco do carro, largou o pingente e olhou para o céu. A sombra que se projetava sobre o carro era causada por um coletor solar orbital. Havia vários deles, captando a luz solar na órbita e reemitindo-a para estações no solo em frequências que não perdiam tanta energia ao penetrar a atmosfera.

Aqueles artefatos sempre a fascinaram. Especialistas diziam que, dentro de alguns milênios, a rede de coletores solares orbitais evoluiria para uma Esfera de Dyson. Embora se deleitasse em imaginar tal perspectiva, aquilo lhe parecia um absurdo impraticável.

Ao perceber as primeiras edificações do bairro onde encontraria a mãe de Vúlpio, parou de sonhar acordada. Tocou as pernas, ajeitou a postura e balançou a cabeça para desconectar o computador que vestia. Queria estar totalmente presente e focada quando a encontrasse.

"Rua N6-68, apartamento 44" era o endereço que aparecia no computador de bordo enquanto o carro estacionava. Estranhamente, a imagem na tela estava trêmula. "Alguma interferência deve estar causando esta oscilação" pensou, sem dar muita importância àquilo naquele momento.

Margarida saiu para o sol da manhã e, embora a vizinhança estivesse tranquila — podia-se até mesmo ouvir pássaros cantando —, teve uma incômoda sensação de estar sendo observada. "Meu carro deve estar chamando muita atenção", disse para si mesma.

Voltou-se para o veículo para pegar o sobretudo pendurado em um dos assentos frontais. Apesar de não estar frio, vestiu-o e certificou-se de que estava cobrindo a pistola. Fechou a porta, tirou seu chapéu militar e, olhando seu reflexo na janela, apalpou o coque, garantindo que estava impecável, antes de colocar o chapéu novamente.

Olhou em volta, não viu ninguém. À sua frente havia um grande edifício residencial com a pintura vermelha desgastada. O portão estava escancarado e a portaria cheia de entulhos, parecendo que havia sido abandonada há bastante tempo.

Com passadas firmes, caminhou através do portão até o pátio central no átrio do edifício. Havia deixado a luz do sol para trás, e o barulho do salto de sua bota pisando o chão ecoava na amplidão do pátio. Ateve-se ao centro dele por um instante.

Aquela sensação de estar sendo observada persistia. Lançou olhares em várias direções, mapeando o local. Não viu ninguém, mas começou a entender a arquitetura do edifício. Em cada andar havia uma passarela que dava acesso às portas dos apartamentos circundando o átrio. Um lance de escadas conectava andares adjacentes. Havia uma quantidade tão grande de pisos que, mesmo entortando a cabeça, não se via o último. Ainda assim, ela estava certa de que os ecos dos seus passos podiam ser ouvidos até lá em cima. Um sorriso contido lhe passou pelo rosto ao perceber, com o canto dos olhos, a existência de dois elevadores em pontos opostos do pátio.

Aproximou-se de um deles e parou para verificar. Era um elevador industrial rústico — uma gaiola com acionamento manual. Sentiu um cheiro familiar vindo do interior dele. Inclinou-se para observar e viu o piso cheio de cinzas. Uma placa improvisada sobre o botão de acionamento dizia: "INTERDITADO".

Suspirou. Quem sabe teria mais sorte com o outro. Deu meia volta e se dirigiu até o elevador no ponto oposto do pátio. O som dos seus passos ecoava, reverberando átrio acima, preenchendo aquele local desolado. Abriu a porta da gaiola e entrou. Este elevador parecia mais conservado que o outro. Prendeu a respiração, levou a mão até o acionamento e logo se acalmou quando ele começou a se mover. Mas o barulho que fazia ao subir lentamente não permitia que relaxasse totalmente... não saberia precisar se o que ouvia era o cabo de aço atritando com a polia lá em cima, se era a gaiola raspando na parede ou as duas coisas.

Chegou vagarosamente. Abriu a porta e saiu da gaiola. Estava na quarta passarela que circundava o átrio, dando acesso às portas dos apartamentos. Lançou um olhar para o pátio, que lhe pareceu bem mais bonito visto de cima.

Foi percorrendo a passarela. Passou pela porta de número 41 e ouviu uma criança cantando singelamente ali dentro. Depois, seguiu pela porta com o número 42, de onde vinha cheiro de peixe frito. A próxima porta não estava numerada. Meg continuou até estar em frente ao número 44. Ajeitou o sobretudo, bateu na porta, tirou o chapéu e segurou-o com as duas mãos. Ouviu passos do outro lado... logo a porta era destrancada e aberta.

Um cheiro delicioso de erva doce se espalhava dentro do apartamento, que era bem humilde, porém aconchegante. A porta tinha sido aberta por uma senhora mirrada, que era um pouco mais velha do que Margarida, embora sua postura curvada e suas rugas fizessem parecer que a diferença de idade entre as duas era bem maior.

A senhora olhou Margarida cuidadosamente dos pés à cabeça. Ficou em silêncio, encarando a capitã por um momento. Uma expressão de amargor foi tomando seu rosto gradativamente, até que finalmente falou, com uma voz rouca e frágil:

— O que o meu menino aprontou desta vez?

Certamente já a haviam procurado outras vezes por causa do seu filho. Por isso, Margarida se esforçou para colocar seu sorriso mais amistoso e uma voz acolhedora:

— Está tudo bem com o seu filho. Não se preocupe, desta vez é diferente.

Porém, a senhora cruzou os braços e recuou sutilmente. A tentativa de confortá-la não havia dado certo. Sorrindo e com a cabeça levemente inclinada, Margarida insistiu:

— Estou aqui por um bom motivo. Só preciso que me ouça por alguns minutos.

A mãe de Vúlpio ficou olhando para ela com os olhos arregalados. Pouco depois, como se estivesse querendo interromper aquela situação constrangedora, disse:

— Está bem. Venha, vou lhe servir uma xícara de chá — e apontou para uma das cadeiras ao redor de uma mesa branca, muito simples, a dois passos de uma bancada com uma chaleira liberando um odor convidativo de erva doce. Margarida aquiesceu, com grande entusiasmo.

Enquanto a senhora colocava chá em uma xícara e um pedaço de bolo no prato, a capitã pendurava seu chapéu militar na cadeira, se sentava e explicava:

— Esta é a chance que Vúlpio tem não só de dar um rumo correto para sua vida, mas realmente fazer a diferença para a sociedade. Ele já está se integrando à nossa equipe, conhecendo os novos colegas.

Após colocar a xícara e o prato na mesa, a senhora sentou-se e inclinou-se levemente em sua direção. Margarida levou à boca o saboroso bolo de ameixas e sorveu um polpudo gole do chá. Após saborear minuciosamente aquele pedaço, sentiu-se mais relaxada, assim como a mãe de Vúlpio também deveria estar se tranquilizando e ter ficado mais propensa a, de fato, ouvi-la. Abriu os olhos e continuou, num tom solene:

— A senhora bem sabe do talento do seu filho e das coisas que ele é capaz de realizar. Ele poderá me ajudar a realizar a missão mais importante da minha organização...

Margarida viu a senhora se interessando cada vez mais por sua fala. Ela tinha um cotovelo apoiado sobre a mesa e o rosto repousando sobre a mão. A capitã pegou mais um pedaço de bolo e um gole do chá. Engoliu tudo e disse:

— Mas... convenhamos, ele prefere trabalhar sozinho. Eu quero ajudá-lo, entretanto preciso que coopere. Para este objetivo, trabalho em equipe será fundamental.

A senhora reagiu recuando na cadeira, cruzando os braços e, com uma expressão fechada, falou:

— Ele é um bom rapaz, mas são as más companhias que o levam para o mau caminho.

— Eu não tenho dúvidas disso. Porém, ele está comigo agora, e nossa equipe será uma ótima influência.

A mãe de Vúlpio colocou as mãos sobre a mesa com os dedos entrelaçados e perguntou, enquanto Margarida tomava o último gole de chá:

— Sabe, ele sempre se esforçou para cuidar desta casa, mas a polícia nunca deixou. Você é da polícia?

— Não sou da polícia, nossa organização é paramilitar. Sou a capitã Margarida. Pode me chamar de Meg. Quero ajudá-lo, de verdade. E, se ele cooperar, jamais faltará nada nesta casa.

— Capitã, o que exatamente quer de mim?

Margarida adorava tal pragmatismo. Um sorriso quase lhe escapou, entretanto conteve-se, pois não seria apropriado naquele momento. Além disso, já estava quase conseguindo alcançar seu objetivo com aquela conversa. Respirou fundo antes de responder:

— Notei o quanto a senhora exerce de influência sobre Vúlpio. Ele vai lhe ligar. Gostaria que apoiasse o ingresso dele na nossa equipe, e dissesse o quanto ficaria orgulhosa se ele completasse a missão, que pode fazer dele o hacker mais famoso de todos os tempos.

A capitã teve sua atenção desviada por um ruído repentino no computador cuja interface era a lente de contato que usava. "Seria alguém tentando me ligar? Mas eu estou desconectada…".

Margarida sentiu-se realizada ao se despedir de uma senhora reavivada. No caminho até o carro, tentou por diversas vezes conectar o computador cuja interface era a lente de contato que usava, mas sem sucesso.

Aproximou-se do Aston Martin e olhou cuidadosamente ao redor. A rua estava deserta. Atirou o chapéu e o sobretudo num banco, entrou e percebeu que o sistema de navegação estava offline. Gesticulou comandando que sua agenda fosse projetada em uma das janelas, e não obteve resposta. Finalmente, se deu conta de que nenhum sistema estava funcionando.

Transferiu-se para o banco do motorista, colocou o cinto de segurança e tomou a direção. Observou o painel e viu que todos os mostradores traziam leituras desreguladas. Mesmo assim, deu a partida no motor. O ronco potente após a ignição no seu carro mascarou um som de motor de alto giro que se aproximava de algum ponto longínquo.

Margarida tomou o caminho de volta, incomodada por perder seu tempo tendo de dirigir, e consternada por ter de lidar com tantas panes ao mesmo tempo.

O motor de alto giro que se aproximava rapidamente ficou tão barulhento que ela não conseguiu mais ignorá-lo. Olhou pelo retrovisor e viu se tratar de uma moto esportiva cuja marca ela não conhecia. Era pilotada por uma figura estranha. De relance, Margarida pensou ser uma mulher ou um homem muito franzino, vestindo uma roupa justa, que cobria todo seu corpo. Certamente não era de couro, embora ela não conseguisse identificar o material. Usava um grande capacete, com o formato do visor lembrando os olhos de um inseto. Tinha os cabelos cor-de-rosa, compridos, presos em seis tranças que esvoaçavam com a alta velocidade com que se aproximava.

Entre as tranças, aparecia o cabo de uma espada japonesa cuja lâmina estava guardada em uma bainha presa às costas da figura que pilotava a moto. A bainha, entretanto, não ficava à mostra, pois a pessoa ainda usava uma enorme mochila.

Margarida começou a ficar alerta ao notar que a moto acompanhava o carro de muito perto. De repente, a pilota da moto sacou uma submetralhadora e, sem a menor sutileza, disparou uma rajada de tiros contra o carro.

Quase pega de surpresa, a capitã, mesmo sem pensar, levou a mão até a pistola. Passado o susto inicial, lembrou-se de que o carro era blindado, mas a blindagem não resistiria a muitas investidas. Assim que interpretou o que estava acontecendo, vendo o viaduto à sua frente, conscientemente selecionou um curso de ação: "Quando ela parar para recarregar, atropelo a vadia! Ou a empurro lá para baixo", pensou.

Naquele momento, o sistema de navegação emitiu um ruído. Margarida, esperançosa de que os sistemas estivessem voltando a funcionar, aproveitou para enviar uma mensagem de voz para a base:

— Base, aqui é a capitã Margarida. Estou sendo atacada! Preciso de ajuda imediatamente!

Houve uma breve pausa nos disparos e, dentro do carro, os sistemas voltaram a falhar. Então, a pilota soltou a submetralhadora e sacou outra igual. Contrariada, já que sua adversária não pararia para recarregar, Margarida decidiu agir naquele momento. Freou bruscamente, esperando que a moto batesse contra a traseira do carro.

O que se seguiu deixou-a espantada. Demonstrando um reflexo sobre-humano, a pilota jogou a moto para o lado, ultrapassando o carro, atirando ao longo deste. Algumas balas atravessaram a blindagem. Margarida se encolheu até que o carro parasse totalmente.

Outro ruído dentro do carro e uma mensagem de voz chegou da base. Era uma voz feminina, ainda mais nervosa que a dela. Porém, a tensão era tanta que Margarida sequer tomou conhecimento de quem falava:

— Capitã, não conseguimos ler seu localizador. Onde você está!?

Apesar de não haver mais sinal de que os sistemas funcionavam novamente, ainda assim tentou responder à mensagem:

— Estou em frente ao viaduto da Rua N6!

Ela ergueu a cabeça e viu, lá na frente, a pilota no meio do viaduto, sem a moto, desembainhando a espada. Embora estranhasse tudo aquilo, que não se parecia em nada com nenhuma estratégia que havia estudado, decidiu abrir a janela, sacar a pistola e apontá-la na direção da inimiga. Esta, por sua vez, não se moveu, como se ignorasse a arma.

A capitã deu três tiros cadenciados. Como o alvo permanecia sem se mover, concluiu que os disparos foram inefetivos.

Concentrou-se, mirou diligentemente e disparou mais três vezes. Apesar de as investidas não terem surtido efeito de novo, desta vez conseguiu notar o que ocorria. As balas refletiam a luz do sol, sendo possível ver seu traçado. Elas iam na direção certa até chegarem a uns dois metros da pilota, quando, então, eram defletidas para direções aleatórias.

Atônita, Margarida disse para si: "Isso me parece um escudo eletromagnético. Equipamento raro e restrito, portanto, fácil de rastrear. De um jeito ou de outro, você não me escapa!"

Dada a ineficiência dos disparos, soltou a pistola no banco do passageiro e resolveu investir contra sua inimiga com o carro, pois, sem a moto, ela estava exposta.

Prendeu a respiração e acelerou com vontade sobre o viaduto.

Sua agressora esperava imóvel a aproximação do carro, com a arma preparada para desferir um golpe. De relance, Margarida viu que a espada era fosca, cinzenta, não cintilava sob a luz do sol como seria esperado de uma espada de verdade. Mas ela não ocupou sua mente com aquele detalhe. Foi tomada por outro pensamento: "Será que ela pretende golpear o carro?"

No instante seguinte, o veículo estava sobre o viaduto em alta velocidade. A inimiga esperou chegar a uns três palmos dela para, com uma agilidade impressionante, esquivar-se e desferir um golpe de espada em um dos pneus frontais.

Com o estouro e mais a violência do impacto, o carro capotou e despencou lá de cima. Não caiu até o chão pois parou na borda da curva acentuada que levava do solo até o topo do viaduto.

Apesar de estar atordoada e em choque, Margarida começou a ficar menos aflita ao ouvir o som do motor da moto se afastando. Logo depois, percebeu que suas botas estavam arruinadas, esmagadas entre ferragens. Entretanto, não havia sangue em lugar nenhum. Tinha apenas algumas escoriações no rosto.

Sem titubear, ergueu um pouco a saia e desencaixou as duas próteses que tinha no lugar das pernas e deixou-as para trás, presas nas ferragens. Puxou-se pela janela e caiu sobre a curva que subia para o viaduto.

Ficou deitada ali por alguns minutos. Já pensava em quantas pistas sua agressora tinha deixado pelo caminho com potencial de serem sujeitas a um processo de rastreamento. "A submetralhadora que ela soltou na rua, as balas que penetraram a blindagem, o fato de utilizar um escudo eletromagnético…", listava Margarida, mentalmente.

Suspirou, profundamente aliviada, quando ouviu as hélices do multicóptero da base rompendo o ar, se aproximando para a resgatar.

Margarida acordou, ainda atordoada, em um quarto de hospital no fim daquela tarde. Um monitor semicircular ao lado da cama fazia imagens do interior do seu corpo. A queda havia chacoalhado seus órgãos com violência, então ainda estava em observação. No fundo havia uma janela, por onde ela via os arranha céus e os belos jardins nas plataformas que os conectavam, contra a luz do pôr-do-sol.

Entretanto, não se aquietou apreciando a vista. Estava com fome. Tinha pressa. Incomodava-a o fato de não haver próteses provisórias no quarto. Olhou para o outro lado e viu Hortência cochilando em uma poltrona, com um tablet quase caindo do seu colo. Sentou-se na cama, tomou fôlego e falou com sua voz enérgica:

— Hortência… — mas não obteve resposta. Tentou de novo, falando mais alto:

— Hortência!

E, desta vez, ela acordou num sobressalto, derrubando o tablet no chão. Enquanto o pegava, disse, ainda assustada:

— Capitã, já acordou! Como está se sentindo? Precisa de alguma coisa?

Margarida a conhecia bem e sabia que, ansiosa como era, continuaria disparando perguntas sem parar. Interrompeu-a com objetividade:

— Ainda estou um pouco tonta, e tenho bastante fome. Tem algo para comer?

Ao que Hortência rapidamente atendeu, pedindo um jantar de hospital comandando com movimentos oculares o computador que vestia.

— É pra já! Enquanto esperamos, quer me contar o que aconteceu? A capitã Flora já destacou uma equipe de rastreamento para ir atrás de quem a atacou.

— Por ora, quero que coletem as balas no meu carro e uma submetralhadora que derrubaram na estrada, para análise.

Enquanto Hortência escrevia estas ordens no tablet, Margarida deu um longo suspiro. Com o olhar perdido no horizonte, pensava nos eventos recentes e percebeu que um sentimento de impotência a afligia. Não havia conseguido, de maneira alguma, atingir sua inimiga. Para a capitã, era certo que voltaria a ser atacada tão logo descobrissem que havia sobrevivido. Não se permitiria sentir-se impotente novamente. Decidida a estar preparada quando um novo confronto surgisse, adicionou:

— Transmita este pedido para o nosso amigo Castor na Divisão de Engenharia: vou querer próteses de cerâmica e uma arma sônica.

Viu a expressão confusa de Hortência, então explicou:

— Porque quem me atacou usava um escudo eletromagnético, meus disparos eram defletidos, armas convencionais não funcionam...

Neste momento Hortência demonstrava claro espanto. Margarida acrescentou:

— Tenho mais uma solicitação para a Divisão de Rastreamento. Quero uma lista de todos os escudos eletromagnéticos produzidos nos últimos três anos e seus destinatários.

Hortência registrava as demandas no tablet, compenetrada. A capitã sentiu o cheiro do jantar sendo trazido. Salivando, falou:

— Mas já perdi muito tempo hoje. Tenho uma equipe para formar. Você está com a ficha da pessoa que falta? Vamos repassá-la enquanto como.

Margarida atacou a tigela daquela sopa sem tempero do hospital como se fosse a comida mais saborosa do mundo. Entretanto, nem olhava para a louça. Estava atenta à imagem que Hortência havia projetado em uma das paredes do quarto.

Era a foto de uma mulher muito bonita. Esbelta, pele clara e cabelos escuros. Tinha uma expressão maliciosa no rosto. Embora sua ficha informasse que tinha 31 anos, na foto, com roupas casuais, aparentava bem menos. Rosa era o seu nome.

Hortência repassava os detalhes:

— Achamos que ela é a pessoa que a capitã precisava para compor a equipe. Indícios apontam que Rosa tem habilidades sobre-humanas. Acreditamos que ela pode entrar na mente de qualquer um, mas deixa sequelas após este processo. Se conseguir trazê-la para o time, poderia potencializar as capacidades de Áquila, bem como evitar suas crises, tornando-o viável como integrante do grupo para operações em campo, pelo menos até a missão no Sistema M.E.D.O.

Incrédula, olhos fixos na foto na parede, entre os barulhos que fazia devorando a sopa, Margarida disse:

— Ou simplesmente uma manipuladora hábil. Quais são esses indícios de habilidades sobre-humanas?

— Ela é formada em História, Administração e Psicologia. Concluiu um mestrado em História da Arte com apenas 21 anos e um Ph.D. em Fisiologia da Arte com 24. Quase metade dos seus professores foram afastados por problemas psicológicos, alguns deles permanentemente, após ela terminar de ter aulas com eles.

— Isso não prova nada... o que mais?

— Agora os eventos começam a ficar realmente estranhos... ela trabalha no museu há três anos e já há cinco processos de assédio sexual contra ela, envolvendo funcionários e visitantes.

Margarida engasgou-se com a sopa. Tossiu. Limpou a boca com o antebraço e falou com a garganta ainda embargada:

— Isso também não prova nada. Posso imaginar várias explicações plausíveis. Não vou perder meu tempo com uma gênia manipuladora.

— Nesta parte, nosso pessoal de investigação teve um trabalho difícil. Eles descobriram que, dos cinco processos, foi absolvida em quatro deles poucas semanas depois da audiência inicial, após ter tido um caso secreto com o juiz ou juíza. Como era de se esperar, todos estes magistrados estão afastados por problemas psicológicos.

— E o quinto?

— O quinto processo ainda está em andamento. A audiência foi virtual, ela não teve contato com o juiz.

Margarida deixou a tigela vazia de lado. Seu olhar estava fixo na foto e sua mente tentando extrair algo útil daquelas informações. Hortência continuava:

— Durante sua vida acadêmica, seu coeficiente de cognição foi testado duas vezes. Quando o teste foi aplicado por um homem, obteve um resultado de 139, ou seja, bem acima da média. Quando o mesmo teste foi aplicado por um computador, obteve 103, um resultado mediano.

Margarida não estava convencida. Girou a cabeça lentamente na direção de Hortência e ficou a encarando sem a menor empolgação. Esta continuou:

— Enviamos nosso pessoal ao museu para falarem com ela, oficialmente e à paisana. Ela nunca era encontrada, desaparecia de súbito. É como se só se deixasse ser vista por quem ela escolhesse, e sempre soubesse a intenção de quem a procura. Caso você esteja melhor, podemos ir juntas ao museu tentar encontrá-la. Amanhã é a inauguração da exposição "Relíquias de Cinquenta Anos", na qual ela deve estar presente.

Voltando a olhar para a foto, Margarida respondeu:

— Obrigada. Vou sozinha. Mas, antes, preciso falar com Áquila. Caso haja alguma verdade sobre essas habilidades dela, a interação entre eles poderia ser muito perigosa — e, mudando de assunto abruptamente, continuou — Minhas próteses provisórias estão demorando para chegar. Verifique, por favor.

Enquanto Hortência acionava seus contatos para acelerar a vinda das próteses, Margarida refletia consigo mesma: "Como trazer esta Rosa para o time? O que motivaria uma pessoa como ela? Como garantir que ela ajude Áquila em vez de o prejudicar? De qualquer forma, terei de avaliar pessoalmente...".

Depois de deixarem o hospital, Margarida e Hortência estiveram reunidas com seu amigo Castor no departamento de desenvolvimento da Divisão de Engenharia. Discutiram os requisitos das novas próteses, que substituiriam aquelas provisórias que ela estava usando, e da arma sônica, para que a capitã pudesse se defender, caso sofresse outro atentado.

A reunião seguiu noite adentro, até que Margarida dispensou Hortência. Sua real intenção era ficar sozinha com Castor para lhe pedir que construísse um artefato que, embora simples, acreditava que seria fundamental para manter Áquila seguro caso viesse a interagir com Rosa. E sua construção precisava ser o mais secreta possível para que funcionasse adequadamente. Afinal, caso Rosa se juntasse ao time, seria muito difícil ter sigilo sobre qualquer assunto, já que Margarida lideraria uma equipe formada por um clarividente, um hacker e uma telepata. A capitã achava tal perspectiva ao mesmo tempo intimidadora e empolgante.

Castor finalizou o artefato de madrugada. Margarida lutava para se manter acordada, debruçada em uma das bancadas geladas do laboratório. Partiu decidida a conversar com Áquila naquela mesma hora, nem que tivesse de o acordar.

Olhou-se no espelho do elevador a caminho do andar subterrâneo 11. Via o cansaço no reflexo do seu rosto, deixando rugas e sulcos pronunciados. O coque, desajeitado, mal aparecia em meio a seus cabelos desarrumados. O pingente estava no lugar. Tocou as pernas e lembrou-se de que estava com as próteses provisórias do hospital, que imitavam membros normais, as quais ela achava horríveis. Preferia as suas antigas, que eram mais funcionais e leves, e as que havia encomendado na Divisão de Engenharia seriam ainda melhores.

Mas o estado em que estava, bem como a urgência para ver Áquila, tinham um propósito. Queria conversar rapidamente com ele, entregar-lhe o artefato, esquecer-se daquela noite e inundar a mente com outros pensamentos no dia seguinte. Se Rosa fosse mesmo uma telepata, não poderia ver os detalhes construtivos do artefato na mente da capitã; caso contrário, ele não funcionaria. Para isto o cansaço a ajudaria a esquecer-se daquela noite. E, após ter analisado a ficha de Rosa, Margarida tinha uma boa noção de quais pensamentos usaria para distrair a telepata, impedindo que ela enxergasse as memórias desta madrugada quando se encontrassem.

Um solavanco no elevador e a porta se abriu. Margarida concentrou-se, esfregou os olhos, deu uma última olhada no espelho, virou-se e pôs-se a caminhar pelo corredor. O som cadenciado de suas passadas firmes ecoava pelo caminho, anunciando sua chegada.

Enquanto ela caminhava, pensava em uma explicação e nas palavras que usaria para desculpar-se com Áquila por acordá-lo de madrugada. Queria ser rápida para ter o mínimo de memórias desta noite. Foi quando percebeu um feixe de luz vindo pelas frestas da porta do quarto dele, ao lado da sala na qual o havia visto pela última vez.

Apressou-se até a porta, bateu e perguntou:

— Áquila, está acordado?

E, sem esperar por uma resposta, foi abrindo a porta. Do outro lado, encontrou o clarividente olhando para ela calmamente, com um sorriso acolhedor, sentado em uma das duas camas do pequeno cômodo, enquanto deixava de lado o tablet no qual lia um livro sobre comunicação.

Embora fosse óbvio que ele sabia que ela viria, Margarida ficou espantada por outro motivo. Mal o reconheceu. Estava de banho tomado, barba feita, cabelos penteados e com uma postura altiva, bem diferente de quando estava tendo uma crise. Áquila lançou-lhe um olhar sereno, charmoso.

"Ele deve saber exatamente o que eu vim fazer aqui…" concluiu Margarida, enquanto se sentava na cama vazia, de frente para Áquila.

— Boa noite, Áquila. Encontramos uma pessoa que talvez possa ajudar. Acreditamos que ela consiga entrar na sua mente e, a partir disto, auxiliá-lo na luta contra os seus fantasmas.

Diante da novidade, ele se manteve calado, olhando para ela com uma expressão tranquila. Margarida não conseguia lê-lo. Perguntou-se se sua calma era proveniente da possibilidade de já saber o que ela havia dito e o que diria a seguir, ou se estava contente pela notícia. Após uma pausa, continuou, sendo ainda mais direta:

— Mas será perigoso. Não sei se ela é confiável. Quero que me diga se vai dar tudo certo, se será uma boa ideia.

Ele olhou para cima e suspirou antes de responder:

— Evito fazer previsões sobre meu próprio futuro. Para onde quer que eu direcione minha "visão", os fantasmas vermelhos são atraídos para lá. Além disso, tudo o que eu prevejo acaba em tragédia.

Fez-se um instante de silêncio, até Margarida dizer:

— Me preocupo com você. Não quero tomar esta decisão sozinha. Precisamos estar juntos nessa empreitada. Você aceita o risco?

— Sim, capitã. Aceito qualquer risco que possa me livrar dos fantasmas. — respondeu Áquila, sorrindo. No entanto, seu sorriso não diminuiu a tensão no quarto. Pelo contrário, a fez aumentar.

Margarida sentia que havia se demorado demais ali. Seria cada vez mais difícil esquecer aquela noite. Apressou a fala enquanto entregava o artefato que Castor havia construído:

— Se ela lhe fizer algum mal, me avise por meio deste dispositivo.

O artefato consistia em um pequeno cilindro metálico com um botão vermelho em uma das extremidades. Áquila o pegou e ficou analisando, enquanto, intrigado, questionava:

— Como isto vai funcionar? Caso ela esteja na minha mente, poderá me impedir de chamar sua ajuda contra ela…

Levantando-se, a capitã respondeu:

— Não se preocupe com isso. Se precisar utilizá-lo, apenas tente pressionar o botão. Eu saberei que você pediu ajuda.

Depois, saiu sem se despedir e afastou-se o mais rápido que conseguiu.

Quando já estava no elevador, se tranquilizou. Embora nem tudo tivesse saído exatamente conforme planejara, estava contente porque se sentia muito próxima de completar a formação da sua equipe. Agora, estava pronta para ir atrás de Rosa.

ROSA - TELEPATA

- ESBELTA
- CABELOS ESCUROS
- NINFOMANIACA

Margarida estava olhando para o imponente museu em forma de triângulo no alto de uma colina. O acesso a ele se dava através de uma passarela que subia suavemente até a entrada. Luzes projetadas na passarela compunham uma ilusão que lembrava um córrego de água violeta subindo para a entrada.

Havia uma quantidade anormalmente alta de pessoas vestidas em trajes de gala andando por ali, devido à inauguração da exposição "Relíquias de Cinquenta Anos". As luzes projetadas, ao serem vistas de longe, pareciam deixar as pessoas que avançavam pelo caminho rumo à entrada molhadas. Era uma visão convidativa. Margarida não era visitante assídua do museu, mas sentiu-se compelida a seguir o fluxo de pessoas até a entrada.

Passou a mão pelo seu vestido preto, o alisando. Firmou a bolsa onde levava a pistola entre o braço e a axila e colocou-se a caminhar. Tendo percorrido metade da passarela, contentou-se por já estar com as próteses novas de cerâmica, mais leves.

À medida em que se aproximava da entrada, podia ouvir aquele burburinho típico de aglomerações. Concluiu que o local estaria lotado.

Antes de entrar, respirou profundamente. Teria que estar ainda mais concentrada do que o normal. Passara a tarde ocupando a mente com pensamentos lascivos. Sua intenção era que, ao encontrar a telepata, pudesse distraí-la, evitando que visse as memórias do funcionamento do artefato que dera para Áquila.

No hall de entrada havia um suntuoso coquetel. De maneira discreta, porém rápida, Margarida lançou olhares em todas as direções. De relance, não identificou ninguém que se parecesse com a mulher cuja foto vira na noite anterior. Pela quantidade de pessoas reunidas, achou que seria mais eficiente atrair Rosa do que procurá-la na multidão.

Dirigiu-se para o salão da exposição que estava sendo inaugurada, enquanto mentalizava em detalhes seu fetiche mais obsceno. Acreditava que aquilo serviria como um grito para chamar a atenção da telepata, embora fosse constrangedor ter aqueles pensamentos no meio de tanta gente e fora de contexto. Por isto, evitava fazer contato visual com os demais visitantes em seu caminho.

Avistou, no fim de um corredor, uma entrada em arco que dava acesso ao salão, e o letreiro luminoso no alto mostrava: "Relíquias de Cinquenta Anos". Havia uma quantidade descomunal de câmeras de vigilância móveis naquele corredor. Elas a acompanhavam enquanto passava, para que continuasse no foco. Achou a situação peculiar — desde pequena, era ela quem estava por trás das câmeras e não no foco… não era à toa que se tornara superintendente da Divisão de Monitoramento. Vieram-lhe à mente lembranças de muitas décadas atrás, porém logo as dispensou para se manter concentrada na missão.

Sem perceber, entrou segurando o pingente de coruja — foi um gesto automático. Havia poucas pessoas ali. Margarida imaginou que os visitantes ainda deveriam estar desfrutando do coquetel lá atrás.

Estavam expostos gadgets dos mais variados tamanhos. A capitã ficou intrigada com a obsessão em torno de maçãs, à época. Indagou por que a exposição precisava de tantas câmeras de segurança. "Devem ser sucatas bastante caras", concluiu. Mas logo tratou de focar em pensamentos luxuriantes novamente.

A iluminação no salão privilegiava os itens em amostra. Na área dos visitantes a luz era tênue. Havia um pufe no centro e um abajur triangular ao lado.

Margarida passou a mão no cabelo enquanto observava, disfarçadamente, um casal que deixava o salão. Na direção oposta, vinha uma mulher deslumbrante. Sua pele clara contrastava com os cabelos bem escuros. Era alta e, em cima do salto, parecia ainda maior. Apesar de esbelta, tinha as curvas ressaltadas pelo seu vestido cor-de-rosa. Desfilava com tanta graça que parecia estar flutuando.

Ela entrou no salão com o olhar fixo em Margarida. Aproximou-se sem pressa, e seus movimentos elegantes pareciam preencher o local. Por onde passava, arrancava olhares dos visitantes, alguns comedidos, outros nem tanto. Mas a capitã sequer notou. Sentia um misto de receio e empolgação. Levou uma das mãos até a bolsa onde guardava a pistola.

Ao chegar mais perto de Margarida, a mulher trocou a expressão séria por um meio sorriso malicioso. Naquele momento a capitã não teve mais dúvida, era a mulher da foto que Hortência lhe mostrara no hospital.

A mulher continuou avançando até ficar a apenas um passo de distância dela e disse com uma voz doce e musical:

— Sim, eu sou Rosa. Bem-vinda à exposição. Está gostando?

Margarida não se convenceria tão facilmente de que Rosa era realmente uma telepata. Mas também queria se precaver e não colocar em risco seu plano, ou seja, não poderia permitir que ela visse em suas memórias o segredo do artefato que dera para Áquila. Portanto encheu a mente de pensamentos voluptuosos novamente e, assim, não conseguiu formular uma resposta com o devido cuidado:

— Parece que eram obcecados por maçãs.

O meio sorriso de Rosa se abriu num sorriso inteiro e ela falou, mantendo o contato visual intenso:

— Ainda bem! É por causa das maçãs que estamos aqui hoje!

Margarida teve receio de ter ficado com as bochechas ruborizadas. Se a mulher estivesse vendo seus pensamentos, seria muito constrangedor. Era uma situação nova para ela, sentia-se desconfortável e começou a apertar a bolsa.

Rosa interrompeu o contato visual e olhou para a mão tensionada da capitã.

— Calma, não me ataque… garanto que você carrega um tijolo escondido aí! Hahaha.

Margarida tomou consciência de estar tensa. Respirou fundo e jogou os ombros para trás, arrumando a postura. Rosa voltou a estabelecer contato visual e lhe estendeu a mão, falando com um tom levemente irônico:

— Qual seu nome, flor?

Respondeu de forma direta, perdendo a paciência para este jogo, apertando a mão delicada de Rosa com força:

— Capitã Margarida.

No momento em que se tocaram, a capitã sentiu algo estranho. Seus pensamentos fugiram do controle e passou a lembrar-se vividamente de quando encontrara Áquila na madrugada. Estava o vendo com outros olhos. Percebeu o quanto era charmoso. Concluiu que o estava desejando!

Agora não tinha mais dúvidas de que havia ficado vermelha. E continuava apertando com força a mão de Rosa, mas esta parecia não se importar.

A situação já parecia fora de controle, quando começou a se imaginar em cenas tórridas com Áquila. Rosa mantinha o contato visual e a expressão maliciosa, mas, neste momento, sorriu, o que Margarida interpretou como um gesto de aprovação. A capitã se perguntou se aqueles pensamentos eram seus ou se Rosa estava colocando imagens em sua mente.

Margarida soltou a mão de Rosa e respirou. Já a havia atraído e a deixado interessada. Concluiu que não era mais necessário continuar com aquela situação. Decidiu que era hora de se colocar na ofensiva. Rapidamente, redirecionou seus pensamentos e, assim, mudou de assunto tão bruscamente que pegou Rosa desprevenida ao dizer:

— Posso livrá-la daquele processo que não foi extinto.

A telepata ficou chocada, recuou um pouco, cruzou os braços, apertando-os com força e congelou. Havia sido surpreendida com um dos únicos assuntos que a incomodavam. Vendo que ela estava paralisada, Margarida continuou:

— Seu talento será valioso na minha equipe. Em troca, podemos fazer aquele processo acabar bem para você. Nosso corpo de advogados já está analisando seu caso. O que me diz, fazemos um acordo?

Rosa desviou o olhar. Margarida ficou em silêncio, fitando-a com um ar de autoridade, mas com uma expressão acolhedora, dando-lhe tempo para refletir.

Com uma fala tímida e fraca, Rosa perguntou:

— Como você sabe?

— Sabemos de muitas coisas. É o nosso trabalho. Não se preocupe com isso. E então, o que me diz?

— O que eu preciso fazer?

Margarida adorava aquela objetividade. Tentou conter um sorriso de satisfação que tomava seu rosto, sem ser totalmente bem-sucedida, e explicou da maneira mais franca que conseguiu articular naquele momento:

— Quero contar com você para entrar na mente de um dos integrantes da minha equipe e ajudá-lo a combater os fantasmas imaginários que o atormentam, para que seja viável que ele me acompanhe em uma missão em campo.

— Nunca fiz nada parecido.

— Sei...

— Meu negócio são exposições em museus... — dizia Rosa, enquanto descruzava os braços, colocava a mão na nuca e olhava para o chão.

Dispensando a expressão acolhedora, Margarida falou firmemente:

— E você está prestes a perder seu trabalho em qualquer museu caso aquele processo avance. Sabemos que sua estratégia não vai funcionar com juiz virtual.

Rosa ficou com os olhos marejados, prestes a chorar. Por um momento, Margarida se questionou se não havia sido dura demais, porém logo restabeleceu o foco em seu objetivo ali.

— Temos os melhores advogados, contatos e recursos. Podemos acabar com isso. Mesmo.

Rosa ainda estava assustada. A capitã lhe concedeu alguns momentos de silêncio, observando-a refletir olhando para o chão. Até que a ausência de palavras começou a ser embaraçosa para ambas. Margarida considerou aquilo contraproducente, pois Rosa podia estar tentando evitar a pressão em vez de estar considerando o acordo proposto. Então decidiu mudar a abordagem:

— Vou deixar você pensar por uns dias. Caso queira o acordo, me encontre neste endereço, depois de amanhã pela manhã.

A curadora do museu deu um suspiro. Estava claramente aliviada por não estar mais sendo pressionada diretamente. Margarida finalizou:

— Quero saber se você pode realmente fazer tudo o que meu pessoal acredita que pode. Por que não me mostra a tal telepatia?

Resignada, Rosa aquiesceu. A musicalidade voltava gradativamente a sua voz. Ela começou a acreditar que estaria inesperadamente livre de todos os processos. A leveza com que gesticulava refletia este pensamento.

— Claro! E quero conhecer ele… Áquila, certo?

— Você está indo ajudá-lo. Se o prejudicar de qualquer forma, acabo com você!

— Calma, Meg… você é tão brava para alguém tão linda!

Margarida estranhava aquela situação. E estava extremamente constrangida, agora que tinha certeza de que atraíra a telepata com pensamentos libidinosos. Rosa, por sua vez, continuou brincando de a provocar:

— Aposto que você sente atração por ele!

Objetiva, a capitã perguntou:

— Me conte, aquelas imagens com ele, era você causando aquilo, não?

— Mais ou menos, hahaha. Venha, vamos pegar um champanhe do coquetel. No caminho mostro o que posso fazer.

Margarida espreguiçou-se no carro (um SUV exageradamente grande fornecido provisoriamente pela seguradora). O sol já estava nascendo atrás da linha formada pelo topo dos arranha céus. Os poucos raios que, àquela hora, passavam por cima dos prédios mais altos, chegavam ao cais deixando as águas douradas.

Ela se olhou em um dos espelhos do carro e achou seu cabelo horrível. Tinha pressa para chegar ao seu apartamento para tomar um banho e trocar o vestido pela roupa de trabalho.

Conectou seu computador de vestir com o intuito de checar sua agenda. Queria saber quanto tempo teria para se aprontar antes do primeiro compromisso da manhã. Porém, sua atenção se voltou para algo que a preocupou. Uma luz verde piscava na tela em suas lentes de contato com um aviso: "Você tem 06 novas ligações não atendidas." Todas de Hortência, na noite anterior. A capitã se perguntou o que poderia ser tão urgente, e, enquanto ponderava se deveria, ou não, chamá-la tão cedo, o sistema de navegação começou a falhar.

Uma sensação gelada lhe percorreu a espinha ao pensar que o veículo provisório no qual estava não era blindado. Com pressa, se moveu para o banco do motorista e colocou o cinto de segurança. Com uma das mãos tomou o volante, olhou para o banco de trás e esticou a outra mão para remover a lona que cobria um fuzil sônico. Pegou a arma e a colocou ao seu lado, embora soubesse que não poderia atirar com ela de dentro do carro.

Dirigia em alta velocidade por uma via rápida que levava até o bairro onde ficava seu apartamento. Olhou ao redor. Aquela estrada logo estaria bem movimentada, mas, naquele momento, havia poucos carros devido ao horário. Tinha pouco tempo para refletir sobre qual seria a melhor tática a adotar. Por um lado, tinha bastante espaço para manobras evasivas caso fosse atacada; por outro, ficaria muito exposta caso saísse do veículo para usar o fuzil.

Continuou acelerando. Ouviu um som se misturando ao barulho do motor do SUV, um som que vinha por trás, de um motor de alto giro característico de motos esportivas. Estava acontecendo de novo! Seria atacada, mas, desta vez, estaria preparada, pensou a capitã.

Avistou à frente uma bifurcação: pelo lado direito continuaria no caminho de casa; pelo lado esquerdo, um breve trecho a levaria até o porto. Outra moto vinha pela rota da direita. Quem a pilotava tinha o mesmo capacete cujo visor lembrava os olhos de um inseto. Vestia o mesmo traje justo, a mochila enorme, e era uma figura esbelta. Porém as tranças esvoaçando eram azuis em vez de cor-de-rosa. "Seriam duas!?" indagou-se Margarida.

Direcionou o veículo para a parte esquerda, para o porto, e voltou a acelerar. Queria chegar lá rapidamente, onde poderia encontrar cobertura para disparar o fuzil fora do carro, sem se expor tanto. Além disso, era um local com menos civis, ou seja, reduziria o risco de acidentes com eventuais balas perdidas.

Olhou de relance para o painel e viu que todos os sistemas permaneciam fora do ar. Pensava em como faria para pedir ajuda quando ouviu as ruidosas hélices de um multicóptero se aproximando. Não teve tempo para tentar entender. Só sabia que estava sendo seguida por duas motos, deveria ser atacada repentinamente, e havia uma equipe aliada chegando pelo ar.

Alinhou o veículo com o cais, e, enquanto ele permanecia em movimento, tirou um dos sapatos que ainda calçava, arrancou a meia calça e as caneleiras, ficando com as próteses à mostra. Eram hastes cerâmicas que terminavam em uma plataforma quase horizontal, finas e flexíveis, que lhe permitiam aproveitar o impulso de um passo no passo seguinte, conferindo-lhe grande mobilidade. De longe, as próteses se pareciam com pontos de interrogação invertidos.

O SUV ainda não havia parado totalmente quando ela agarrou o fuzil e o prendeu nas costas com uma tira de couro. O automóvel parou subitamente ao atropelar um robô de carga bípede. Sem dar muita atenção ao ocorrido, Meg pegou a pistola na bolsa e saiu em disparada na direção da edificação mais próxima.

Atravessou o cais com passadas duas vezes mais compridas do que se estivesse sem suas próteses especiais. Ninguém viu aquela cena, mas havia certa elegância na maneira resoluta com que Meg se deslocava com aquele vestido preto, o fuzil nas costas, uma pistola que segurava com as duas mãos e os cabelos desgrenhados. Ao fundo, as águas douradas completavam o cenário.

Entrou em um beco estreito entre dois galpões e pôde ouvir, alguns metros atrás, as motos parando. "Devem estar inspecionando o carro. Espero que não tenham me visto", ponderou Margarida.

Olhou em volta e para cima. Deu um pulo pequeno e rápido para aproveitar a energia armazenada pelas extremidades flexionadas das suas próteses no próximo pulo. Saltou sobre um latão de lixo, virou-se no ar enquanto se projetava para cima, tocou com a extremidade de uma das próteses numa das paredes, virando-se novamente no ar enquanto se projetava ainda mais para cima e repetiu os movimentos para se impulsionar na parede oposta, lançando-se cada vez mais para cima, até cair no telhado de um dos galpões.

Arrastou-se até a extremidade para observar o que estava ocorrendo no cais. Viu a motoqueira das tranças azuis ao lado do SUV, abaixada, analisando o chão, até que apontou para o beco. A motoqueira de cabelos cor-de-rosa desembainhou a espada japonesa que levava nas costas e começou a andar até o beco. A outra a seguiu de perto, também desembainhando uma espada. Por sua vez, a capitã largou a pistola e empunhou o fuzil sônico.

O caminhar das atacantes não era comum. Ao mesmo tempo em que transpareciam leveza e fluidez ao mover o tronco e os braços ao se deslocar, seus passos eram pesados e firmes. E assustadoramente rápidos. Margarida cogitou tratar-se de "IGAs" (indivíduos geneticamente aperfeiçoados), embora aperfeiçoamento genético em pessoas tivesse sido banido décadas atrás.

Queria esperar que se aproximassem um pouco mais para disparar, na esperança de derrubar ambas com um único tiro, mas, quando viu o multicóptero se aproximando, decidiu atirar de imediato.

O multicóptero era apelidado de "cavalaria". Parecia um drone enorme, com seis hélices. Podia pairar no ar com grande estabilidade e tinha bastante precisão nas manobras. Transportava até três esquadrões simultaneamente. Embora contasse com diversos sistemas eletrônicos para auxiliar na navegação, não se utilizava uma inteligência artificial centralizada para pilotá-lo; em vez disso, contava com um piloto hábil chamado Felipe, que normalmente fazia seu trabalho remotamente.

A capitã temia que o escudo eletromagnético das motoqueiras desligasse os sistemas auxiliares da aeronave. Neste caso, nem Felipe conseguiria controlá-la e uma tragédia poderia ocorrer.

Apertou o gatilho do fuzil. Seu reator emitiu um som contínuo, grave, alto e incômodo ao acumular energia para o disparo, com duração coincidente com o tempo em que Margarida prendeu a respiração entre uma inspiração e uma expiração.

O disparo se propagou no formato de um cone a partir da arma. Ele podia ser percebido por meio de ondas causadas pelo deslocamento do ar na velocidade do som.

A mira tinha sido perfeita. Porém, o cone foi defletido ao se aproximar delas. "Um escudo sônico também?!" bradou a capitã.

O barulho do disparo revelou a posição de Margarida. Num instante as motoqueiras voltaram suas cabeças para o telhado, e logo em seguida começaram a correr para o beco. A capitã se levantou enquanto pendurava o fuzil nas costas. Só conseguia pensar em atraí-las para longe dali a fim de evitar que o escudo eletromagnético delas causasse a queda do multicóptero.

Correu até a borda oposta do telhado e olhou em volta. Havia ali uma pequena rua, paralela ao cais, por onde uma fileira de uns vinte robôs de carga bípedes marchavam em uma linha, sincronizados, a uma distância de cerca de três metros um do outro. Cada um deles carregava um caixote metálico, como um pequeno container. Estavam carregando um navio autônomo que havia ancorado de madrugada e marchavam de um galpão no início da rua até as docas.

Margarida pensou em entrar na edificação de onde os robôs saíam. Atrairia as inimigas para lá. Sem contato visual, o apoio aéreo teria de pousar para desembarcar, longe da área de efeito do escudo eletromagnético e, portanto, em segurança. Entretanto não tinha tempo para planejar seu curso de ação com calma. Preocupava-a o fato de não ouvir as motoqueiras, nem saber sua posição. Estariam próximas? Estariam-na cercando? Estas dúvidas ecoavam na mente da capitã, deixando-a incomodada, até que decidiu pular para a rua de trás do cais diretamente da borda do telhado onde estava.

Suas próteses especiais amorteceram o impacto, armazenando a energia para o próximo passo, fazendo-a quicar desgovernada três vezes. Parada, apoiou um dos joelhos no chão da rua e colocou uma das mãos na cabeça, pois a manobra a deixara tonta. No entanto, a criticidade da situação não permitia que ficasse parada até se recuperar. Levantou-se, deu alguns passos cambaleando, e começou a correr na direção oposta àquela em que os robôs andavam.

Parou repentinamente. A ponta das próteses atritando com o chão chegou a gerar faíscas ao frear tão bruscamente. Medo e raiva tomaram a capitã ao notar que os robôs à frente, próximos ao galpão no qual pretendia entrar, estavam parados, subitamente desativados, enquanto os demais continuavam marchando até as docas, se afastando cada vez mais. Margarida não teve dúvidas: os robôs parados eram evidência de que estavam dentro da área de efeito de um escudo eletromagnético. Indignada, pensou: "As vadias já estão lá dentro! Como é possível!?"

Precisava de um momento para redefinir o que faria, mas não podia ficar exposta no meio da rua. Então correu até o último robô parado e se protegeu atrás de uma de suas pernas.

Tinha um joelho apoiado no chão e as costas escoradas na perna do robô. Tirava o fuzil das costas e o empunhava quando, de repente, ouviu os servomotores daquele robô e dos demais que estavam parados se acionando, fazendo-os voltar a marchar.

Cada um deles era programado para desviar de transeuntes e obstáculos em geral. Mesmo assim, ela se assustou quando ele começou a se mover, contornando-a.

Uma rajada de tiros de submetralhadora veio do galpão. De súbito, Margarida saltou para a frente do robô novamente, a fim de usá-lo como cobertura contra os disparos. E mais uma vez ele começou a contorná-la. Pragmática, a capitã disparou seu rifle sônico contra o módulo de controle do robô, despedaçando tudo o que havia acima das pernas dele. Estas ficaram estáticas no meio da rua, fornecendo-lhe proteção contra os disparos, que faziam sons metálicos ao atingir as pernas do robô. Ao mesmo tempo, escombros se espalhavam muitos metros pelo chão, em uma área cônica a partir do ponto onde ela efetuara o disparo sônico.

Estava encolhida atrás do que sobrara do robô, sob uma saraivada de tiros de submetralhadora. Tentava ao menos entender o que ocorria. Concluiu que elas desligavam o escudo eletromagnético para poderem disparar, por isso os dispositivos eletrônicos voltavam a funcionar. Portanto, precisaria mantê-las atirando para impedir que o escudo causasse a queda do multicóptero.

Subitamente, um ruído surgiu na tela da lente de contato de Margarida. Logo, o ruído se estabilizou transmitindo a imagem do rosto de Vúlpio. A capitã ouviu sua voz sarcástica pelo comunicador implantado diretamente em seu ouvido esquerdo:

— Meg, Meg… o que seria de você sem mim? Huahua.

Estando longe do tiroteio, Vúlpio não tinha noção da tensão da situação, ou, simplesmente, não tinha empatia. Ele continuou:

— Estou dentro do sistema da companhia logística. Posso controlar os robôs de carga. O que você quer que eles façam?

Margarida se impressionou com tamanha solicitude do hacker. Mas o barulho das balas atingindo sua cobertura improvisada nas pernas de um robô não lhe permitia refletir sobre aquela atitude, muito menos comemorar. Sem tempo para criar um plano mais elaborado, apenas gritou:

— Leve o máximo de robôs de volta para aquele galpão… e bloqueie a saída com eles!

Ao dizer "aquele galpão", a capitã teve que expor seu rosto para olhar na direção do local, para que Vúlpio o pudesse marcar a partir das imagens na lente de contato dela. Nisto, um tiro passou raspando pela sua orelha direita, rasgando-a em duas partes. A adrenalina não a deixou sentir dor naquele momento. Sentiu apenas o rosto e o pescoço molhados. Era seu próprio sangue, que rapidamente se espalhou, pintando o lado direito do cabelo de vermelho, escorrendo até o ombro.

— Só isso? Então tá… — falou Vúlpio displicentemente, deixando transparecer certa decepção por ter recebido um comando tão simples.

No instante seguinte, os robôs deram meia-volta e começaram a correr até a entrada do galpão. Margarida avistou o multicóptero sobrevoando as docas. Sem hesitar, deu um pulo para fora da cobertura e correu até lá o mais rápido que conseguiu, com os robôs passando na direção contrária à sua com passadas ruidosas.

No caminho até as docas, a capitã sentiu a parte posterior do seu braço esquerdo queimar três vezes. Havia levado três tiros.

A aeronave já esperava por ela. Saltou para dentro e gritou para que saíssem dali depressa. Ensanguentada, despencou em um banco e recostou a cabeça. Recebeu os primeiros socorros enquanto se deslocavam rapidamente acima das águas douradas do porto. Depois que um paramédico examinou seus olhos, fechou-os com força e começou a chorar. Ainda não sentia dor física, mas foi assolada por um brutal sentimento de impotência. Frustrava-a o fato de não ter conseguido sequer atingir as motoqueiras, mesmo tendo se preparado para isto.

Respirou profundamente na tentativa de se acalmar, segurou o pingente com a mão suja do sangue que havia escorrido da orelha, e passou a refletir sobre o que acabara de acontecer, buscando algo que pudesse ter feito diferentemente para sair vitoriosa. Frustrou-se ainda mais ao não ter nenhuma resposta.

Na noite daquele mesmo dia, Margarida ficou descansando em casa. Passado o susto, os ferimentos começaram a doer, especialmente aquele da orelha. Embora estivesse exausta, sua mente se agitava e ela não conseguia dormir. Queria desenvolver uma estratégia para, ao menos, se defender das motoqueiras. Também indagava qual o motivo por trás dos ataques, e se eram mesmo IGAs. Seu devaneio noturno a levou a ficar curiosa sobre as ligações não atendidas que Hortência havia feito na noite anterior. Além disso, qual seria o resultado do rastreamento feito após o primeiro ataque? Entre tanta ansiedade, dúvidas e pensamentos sombrios, tinha algo que a deixava satisfeita: a inusitada colaboração de Vúlpio. Se Áquila e Rosa também cooperassem da maneira que esperava, eles scriam invencíveis, abrindo as possibilidades de uma reação contra as inimigas. Finalmente seu sonho de hackear o Sistema M.E.D.O. começava a parecer viável.

Agarrada a esta sutil esperança, não via a hora de o sol raiar para ir até a base buscar algumas respostas e conversar com a equipe completa pela primeira vez.

Acordou ao som de bossa-nova que aumentava progressivamente. Embora tivesse tido uma noite de sono agitado, um convidativo cheiro de café facilitou seu despertar.

— Como está se sentindo, senhorita Margarida? — falou Sr. Strudel, o drone doméstico, com aquela sua voz amistosa.

Margarida, como de costume, não lhe respondeu. Consumiu o café da manhã com pressa, e com apenas uma mão. O braço esquerdo estava imobilizado num exoesqueleto ortopédico. A articulação ficava travada, imobilizando o braço enquanto se recuperava dos tiros, mas poderia ser manualmente liberada quando começasse a fisioterapia.

Após se aprontar, pegou o sobretudo e envolveu o rifle sônico com ele, ocultando a arma. Apesar de não conseguir disparar com apenas uma mão, confiava que improvisaria, caso fosse necessário. Saiu com o coldre vazio pois sua pistola não havia sido recuperada após ter sido largada no porto. Tomou o elevador, mas, em vez de descer até o 21º para acessar o edifício de garagens, como era sua rotina, subiu até o heliporto. Ela seria um alvo fácil transitando pelas ruas, então, a organização lhe providenciara transporte aéreo.

Hortência esperava por Margarida na antessala da sala de briefing. O pequeno ambiente estava na penumbra. Havia um console no centro e um grande monitor mostrando o que duas câmeras captavam. Console e monitor eram heranças de uma época em que computadores de vestir e projeção nas paredes ainda não eram tão populares.

O som dos passos firmes de Margarida chegando eram inconfundíveis. Entrou e fitou Hortência. Mesmo com o exoesqueleto no braço esquerdo e um curativo lhe cobrindo a orelha direita, a capitã se mantinha altiva. Preocupada, Hortência perguntou:

— Capitã Margarida! Como está? Sabe que eu poderia cuidar disto sozinha, não é?

— Estou bem, Hortência, obrigada. Você já me salvou mil vezes com "O Tanque", mas agora é diferente. Força bruta sozinha não será útil… — e, enquanto olhava para o monitor, sorriu e continuou — Além disso, não perderia este momento por nada!

O monitor mostrava o que duas câmeras filmavam na sala de briefing: um palco logo na saída da antessala e quatro fileiras de cinco cadeiras preenchendo a área à frente. Vúlpio estava acomodado em uma cadeira no fundo, propositadamente deslocada para não ficar alinhada com as demais. Sua cabeça repousava nas mãos, os longos e musculosos braços tatuados estavam à mostra, e os pés apoiados em uma cadeira à sua frente.

Rosa parecia muito mais jovem vestindo roupas informais. Sentava-se numa cadeira central e tinha se voltado para Vúlpio para lhe fazer uma pergunta. Margarida fez leitura labial olhando para a imagem da telepata no monitor da antessala:

— Então… você é o hacker de codinome "Quimera" … Vejo a serpente num braço, o leão no outro e me pergunto onde estaria o bode?

Vúlpio coçou a nuca e deu uma risada sem jeito, para disfarçar o fato de ter ficado constrangido.

Rosa endireitou-se na cadeira com um sorriso sapeca no rosto. Margarida concluiu: "Que bom! Pelo visto já estão se integrando".

Áquila estava na terceira fileira, na cadeira da extremidade. Tinha os braços cruzados, a cabeça encostada na parede e olhava para o chão.

Do lado de fora, as duas ainda conversavam enquanto os três aguardavam.

— O que eram todas aquelas ligações que me fez?

— Áquila previu o ataque que você sofreu, nos alertou e indicou o ponto exato onde o multicóptero deveria esperá-la. Fiquei desesperada, já que seu carro provisório não tem localizador, e não fazíamos ideia de para onde você foi depois do museu. Então, decidi ligar de noite e de madrugada, mas você não estava conectada.

— Impressionante… — disse Margarida, levando a mão ao queixo. Depois questionou — E Vúlpio? Ele fez uma ligação direta com meu computador pessoal quando o escudo eletromagnético foi desligado, e viu o que eu estava vendo.

— Ele hackeou seu computador pessoal remotamente, a pedido de Áquila.

— Incrível… — falava Margarida, enquanto coçava a cabeça.

Depois de refletir na penumbra por um momento, suspirou. Com um tom mais grave, mudou de assunto:

— Como anda a investigação sobre os ataques?

Hortência respondeu com desapontamento:

— As balas extraídas do seu carro… parecem ter sido manufaturadas especificamente para este fim. Nenhuma marca rastreável. A submetralhadora que ela largou… não foi encontrada. Ainda estamos levantando aquela lista de escudos eletromagnéticos e inspecionando o porto.

— Parem com todas as buscas. É inútil, elas estão sempre um passo adiantadas. Desta vez, tinham um escudo sônico também. Além disso, suspeito que sejam IGAs…

Hortência levou a mão até a testa, tremeu e derrubou o chapéu. Por fim, a capitã concluiu:

— Não precisamos encontrá-las, pois virão atrás de mim novamente. E da próxima vez… bem, você viu do que esta equipe é capaz.

Sem se demorar ali mais nenhum instante, a capitã entrou na sala de briefing e foi andando até o centro do palco. Hortência a seguiu com o chapéu nas mãos.

Áquila não olhou diretamente para a capitã. Em vez disso, acompanhava o seu percurso mirando num ponto dois passos adiante de onde ela estava.

Vúlpio tirou os pés da cadeira à sua frente, arrastando-a e, se certificando de que fazia bastante barulho no processo, terminou com os pés apoiados no chão e as pernas exageradamente afastadas.

Rosa observava atentamente Margarida se deslocar pelo palco. Olhou-a dos pés à cabeça, gastando um tempo maior em sua boca, terminando no cabelo. Ficou curiosa para saber como ela havia feito um coque impecável com somente uma mão (já que viu que um dos braços estava imobilizado pelo exoesqueleto ortopédico). Não conseguiu ver a técnica na mente da capitã, pois ela tinha uma concentração inabalável no momento presente.

Margarida parou no centro do palco e olhou demoradamente para cada um deles. Exalava satisfação e orgulho:

— Bom dia, meus caros. Estamos aqui para lhes explicarmos o que exatamente queremos fazer. Ouçam com atenção, pois…

A capitã foi bruscamente interrompida por um estalo e uma faísca provenientes de um cabo que cruzava o espaço desde a antessala até o centro da parede do palco. Margarida olhou para trás e para Hortência, que estava ao seu lado. Continuou:

— Parece que não teremos apoio visual. Hortência vai lhes passar o contexto histórico da missão.

Hortência deu um passo para a frente. Margarida foi sentar-se em uma cadeira na primeira fileira. Áquila, que tinha os braços cruzados, apertou os ombros com força. Vúlpio girou os olhos e torceu o nariz em desdém. Rosa endireitou-se na cadeira e inclinou-se para frente, muito interessada.

A voz de Hortência não tinha aquela ansiedade característica. Falava com confiança:

— Tudo começou quatro décadas atrás com as pesquisas da equipe do doutor Delfino sobre aperfeiçoamento genético em indivíduos adultos. A técnica consistia em munir um vírus com nano máquinas programadas para realizar alterações diretamente no DNA.

Áquila não esboçava reação nenhuma. Vúlpio passou a mão no cabelo, confuso, tentando ligar os pontos. Rosa se mantinha interessada, embora aquilo não fosse novidade para ela. Hortência continuou, mais animada do que o usual:

— No começo, a técnica foi utilizada para tornar trabalhadores braçais mais fortes e resistentes. Devido à muita propaganda e lobby, isso foi bem aceito. Os problemas começaram a surgir quando foram feitos testes para aperfeiçoar a capacidade cognitiva dos indivíduos. Isto gerou grande controvérsia. Depois de intensas manifestações populares, os congressistas se viram obrigados a banir a técnica.

Impaciente, Vúlpio estendeu a mão e perguntou:

— Loirinha, o que isso tem a ver com a gente?

E Rosa emendou uma exclamação:

— Que eu saiba, os últimos IGAs foram bombardeados nos campos de soja, já faz um tempão!

Hortência respondeu com seriedade:

— Há três anos, nossa Divisão de Monitoramento voltou a detectar traços do vírus do doutor Delfino em hospitais ligados a uma subsidiária das empresas S-Corp, uma das corporações que financiaram a pesquisa naquela época, e cujo sistema de defesa é controlado por uma inteligência artificial conhecida como Sistema M.E.D.O., que ficou famoso por nunca ter deixado empresas financeiras ligadas à S-Corp serem hackeadas. Inclusive, existe um mito de que o Sistema M.E.D.O. causaria danos cerebrais em quem tentar as invadir.

Áquila permanecia com a cabeça escorada na parede, sem reagir. Vúlpio ficou surpreso, preocupou-se e se afundou na cadeira tentando processar todas aquelas informações. Rosa, por sua vez, colocou a mão na boca, atônita.

— Conseguimos amostras de alguns pacientes infectados, mas eles não tinham nenhum aperfeiçoamento genético.

Hortência fez uma pausa solene, olhou brevemente para o chão, tomou fôlego e concluiu:

— Não sabemos quais os interesses por trás deste esquema, por isto precisamos hackear o Sistema M.E.D.O. e obter informações sobre o vírus para impedir que seja usado novamente.

Ela continuaria falando, mas foi interrompida por Vúlpio:

— Então por que precisamos deles?! — apontou para Rosa e depois para Áquila — Não seria suficiente eu invadir o sistema e pegar as informações?

Rosa se engasgava ao tentar conter o riso, pois sabia o que todos estavam pensando, enquanto Margarida se dirigia ao palco, acenando sutilmente e agradecendo Hortência com a cabeça. Ao assumir a posição central do palco, a capitã respondeu com uma seriedade tão grave que era incomum até mesmo para ela:

— Após investigar tentativas frustradas de invadir aquele sistema, acreditamos que os dados que buscamos não podem ser acessados remotamente. Senhor Vúlpio, esta equipe vai conduzi-lo até um console dentro das instalações da S-Corp, para que a invasão do Sistema M.E.D.O. ocorra de dentro, evitando a camada mais externa da defesa.

Perplexo, o hacker deu uma risada nervosa e coçou o queixo. Depois, apontou para Áquila e questionou:

— Ele não é o cara que vê o futuro? Por que ele não fala se isso vai dar certo ou se vamos acabar todos mortos?

Margarida respondeu:

— Eu não lhe perguntaria isso. É perigoso…

Mas Áquila a interrompeu, deixando todos estarrecidos:

— Vai dar tudo certo.

Margarida e Hortência se voltaram para ele, apavoradas. Ao que ele complementou, sorrindo:

— Não se preocupem, eu não previ o final. Apenas confio em vocês.

A capitã sorriu, Hortência ruborizou. Após um instante de silêncio, durante o qual Vúlpio tentava organizar os pensamentos e Rosa se divertia percebendo a confusão na mente dele, Margarida continuou:

— Precisamos descobrir em qual instalação da S-Corp podemos encontrar um console ligado ao Sistema M.E.D.O. Rastreamos uma pessoa que participou do seu desenvolvimento, na época um jovem e promissor programador. Rodolfo é seu nome…

— Pensei que todos os programadores que trabalharam no desenvolvimento do Sistema M.E.D.O. tivessem tido mortes violentas — interrompeu a telepata.

— Há algo de diferente com o senhor Rodolfo que pretendemos descobrir — disse Hortência.

Margarida limpou a garganta antes de continuar:

— Ele tem um hábito peculiar… temos imagens do circuito interno de um bar no setor leste da cidade onde ele toma cachaça todas as noites, há anos, sentando-se na mesma banqueta e nos mesmos horários, com precisão de segundos. Nossa primeira missão em campo será fazer uma visita ao senhor Rodolfo para obter a localização de um console.

Ao ouvir "setor leste da cidade", Rosa ficou tensa. Porque aquela era uma área violenta, que sofria a influência de milícias armadas.

Margarida notou que sua própria motivação não havia se propagado para a equipe, e complementou:

— Embora esta primeira missão seja de baixo risco, vocês deverão fazer um treinamento intensivo para saberem se portar em uma missão.

Imediatamente, Vúlpio levantou a mão, empolgado:

— Vou ganhar uma arma!?

— Não, senhor Vúlpio. Vocês aprenderão suas funções na equipe, a navegar e seguir comandos em campo.

Naquele momento, pela primeira vez a capitã sentiu Rosa perambulando em sua mente. Inicialmente, se sentiu incomodada, mas, logo depois, ficou animada, pois estava aprendendo a expulsar a telepata da sua mente, com foco e pragmatismo. Concluiu:

— E, sim, isto será um teste. Vamos avaliar se estão preparados para a missão para a qual vocês foram arregimentados. Vou deixá-los aos cuidados de Hortência durante a semana de capacitação. Nós nos reunimos novamente em sete dias para a missão preliminar!

Margarida ouviu os passos de Rosa chegando pelo corredor. Estava sentada em uma das camas e Áquila estava sentado na outra. Ele suava frio, se concentrando no que iriam fazer. Ela sabia que aquilo teria que funcionar para seguir adiante com a missão. Era apenas o segundo dia dos treinamentos e, caso o que iriam tentar não desse certo, interromperia seus planos.

Rosa chegou, se deteve na porta antes de entrar. Olhou para Áquila, depois para Margarida, e falou, com um sutil nervosismo se revelando em sua voz cheia de musicalidade:

— Capitã. Áq. Estou me apresentando para o teste. Como vai ser?

Margarida tocou as pernas, se levantou e deu um passo para o lado. Ao ver Rosa se aproximando, do jeito que queria, a capitã ficou em dúvida se a telepata havia lido sua mente ou simplesmente interpretado sua linguagem corporal. A porta deslizou, se fechando atrás dela. Logo, sem que Margarida precisasse dizer uma só palavra, Rosa sentou-se de frente para Áquila. Margarida explicou:

— Sabemos que, para onde o senhor Áquila direciona sua visão, os tais fantasmas vermelhos são atraídos e coisas ruins acontecem. Senhorita Rosa, você vai entrar na mente dele e impedir que os fantasmas se aproximem de qualquer integrante da equipe, principalmente dele próprio. Isso deve nos manter em segurança e evitar que ele tenha suas crises por um tempo.

A hesitação de Rosa era tamanha que não conseguiu reagir, apenas ficou paralisada, olhando para a capitã.

Buscando motivá-los, Margarida continuou:

— Depois que dominarem este procedimento, vamos dar um passo adiante. Você vai começar a atrair os fantasmas para onde for determinado. Faremos do talento do senhor Áquila uma arma!

Ambos ficaram embasbacados. Áquila era pacífico e jamais havia pensado em usar sua clarividência sob esta perspectiva. Mas, depois de um instante absorvendo a ideia de Margarida, de utilizar seu talento como uma arma, foi tomado por um sentimento de liberdade e relaxou. Frequentemente tentava evitar pensar em alguém para não ter uma premonição involuntária e causar uma tragédia, o que o deixava constantemente exausto. Pela primeira vez não precisaria controlar seus pensamentos. Com uma das mãos, agarrou, em seu bolso, o artefato que a capitã havia lhe dado. Com a outra, segurou a mão de Rosa, animado, e fechou os olhos.

Por sua vez, Rosa achava a ideia de direcionar os fantasmas na mente do colega tão absurda que a primeira parte do procedimento, de impedir que os fantasmas se aproximassem dos integrantes da equipe, passou a lhe parecer bem mais viável. Envolveu a nuca de Áquila com a mão que estava livre, e, com os olhos fechados, aproximou seu rosto do dele.

Embora aquela cena deixasse Margarida incomodada, ela entendia, desde o dia em que conhecera Rosa no museu, que contato físico ampliava as capacidades da telepata. Daquela maneira, ela podia bem mais do que "ler" os pensamentos de alguém. Através do toque, ela acessava todos os sentidos da outra pessoa. A capitã mordeu os lábios e apertou o pingente.

Rosa sentiu um calafrio e depois o corpo inteiro formigando. Conhecia bem aquela sensação que precedia a conexão profunda com outra mente. Uma imagem começou a se revelar para ela. Era o que Áquila estava pensando.

O ambiente imaginário que aparecia era o mesmo no qual estavam fisicamente, embora Rosa não visse a si mesma, apenas o clarividente e a capitã. Assustou-se ao direcionar sua atenção para a saída e ver duas figuras olhando fixamente para Margarida através do visor na porta. Vestiam túnicas pretas com capuz e máscaras escarlates com narizes compridos, como as dos médicos que tentavam combater a peste. As máscaras tinham a cor mais vívida naquela cena. "Devem ser os fantasmas vermelhos!", concluiu Rosa.

Subitamente, a telepata sentiu novamente o calafrio seguido pelo formigamento se espalhando pelo corpo. Estava entrando em uma camada ainda mais profunda da mente de Áquila. A imagem se esvaeceu e, por um momento, tudo ficou escuro.

Margarida, ao ver Rosa suspirando e ruborizada, colocou a mão no ombro da telepata e disse:

— Vá me falando o que está ocorrendo. Somos uma equipe agora e, neste momento, sou responsável pela sua segurança.

A capitã não sabia o que estava acontecendo, o que a deixava ansiosa. Entretanto, após um breve silêncio, Rosa, ainda com os olhos fechados, começou a descrever a nova cena na qual entrara:

— Uma lua cheia brilha no céu. Vejo um belo pomar. No centro dele tem uma escultura, uma mulher alada segurando uma tocha e uma lança. Lâmpadas na base dela a iluminam lindamente. Ao lado, no chão, uma escada de madeira leva até um lugar escuro, mas parece que tem umas luzes piscando lá dentro. Vou chegar mais perto.

A descrição causou estranheza a Margarida. Aquele pomar lhe parecia incrivelmente familiar. Curiosa, contraiu os músculos ao redor do pescoço, apertou com mais força o ombro da telepata e falou:

— Sim, prossiga.

— A escada parece podre… Desci. Tem raízes no teto. Que estranho… apesar de estar escuro, eu consigo ver. Em uma das paredes há um painel que recebe cabos vindos de cima. As luzes piscando são parte do painel. Do outro lado da sala existe uma abertura para um túnel comprido. Nossa…

— O que foi?!

— Dois fantasmas avançam túnel adentro!

Margarida ficou consternada. Aquela cena correspondia as suas lembranças de criança, em meio ao incidente com o vírus D, quando uma criatura infectada lhe arrancou as pernas.

— Estas são minhas memórias e estou no fim do túnel! Tire eles daí!

Rosa não fazia ideia de como tirá-los do túnel. Correu atrás das figuras de túnica até ficar a poucos passos deles. Olhou em volta, não viu nada que poderia a ajudar. No improviso, tirou os sapatos de salto alto cor-de-rosa que vestia e lançou-os contra os fantasmas.

Eles pararam de avançar. Viraram-se na direção de Rosa com suas máscaras escarlates horrendas. Começaram a ir atrás dela. Deslocavam-se de maneira pavorosa, não era possível saber se corriam ou flutuavam, pois as túnicas arrastavam no chão.

A capitã se preocupou ainda mais ao ver a telepata empalidecendo. Aquela era uma situação com a qual não sabia lidar, e estava novamente incerta sobre como agir.

Na imagem criada pela mente de Áquila, Rosa se virou e correu para fora do túnel. Os fantasmas a seguiram. Subiu as escadas o mais rápido que conseguiu se imaginar correndo, mas, desta vez, a escada não levava até o pomar, e sim para um edifício triangular, como o museu. Após uma respiração profunda, a telepata voltava a ficar corada progressivamente. Rosa sorriu faceira e entrou no edifício. Os fantasmas a seguiram.

Cheia de si, a telepata abriu os olhos e disse:

— Pronto, capitã. Estes fantasmas já não estão mais na mente dele!

Áquila abriu os olhos e suas pupilas foram voltando ao normal, focalizando Rosa sorrindo à sua frente. Estava claramente mais relaxado do que o normal.

Enquanto a telepata se levantava e andava até a saída, foi falando para o clarividente:

— Pronto, Áq. Agora você pode pensar na capitã à vontade! Hahaha.

A porta deslizou para o lado, se abrindo. Antes de sair, Rosa se voltou para Áquila e acrescentou:

— E quando fizermos isso de novo, por favor, imagine armas perto de mim. Não quero ter que utilizar sapatos contra os fantasmas outra vez!

Áquila não tinha certeza sobre poder criar objetos na sua mente durante o processo de clarividência. Respondeu com um sorriso desconcertado, mas não se importou muito, pois estava extasiado com aquela inédita sensação de liberdade. Ficaria livre dos fantasmas ao pensar em Margarida, pelo menos por algum tempo.

Margarida via os monitores, mas sua mente vagava, distante. Algumas horas depois do experimento com o clarividente e a telepata nos primeiros momentos da noite, ela estava em uma das salas de monitoramento. Entretanto, seu olhar perdido mostrava que não estava concentrada. Permanecia absorta nas suas reflexões sobre o procedimento feito com Rosa e Áquila, bem como nas ponderações acerca das implicações que aquilo teria na missão.

Voltou a si subitamente quando uma colega, exausta pelas longas horas trabalhadas, ligou a luz da sala e se despediu da capitã.

A colega, ao passar pela porta, esbarrou em Vúlpio, que vinha entrando com suas passadas espalhafatosas. Ele estava suado após um dia de treinamentos.

Ao vê-lo, Margarida questionou:

— Senhor Vúlpio, isto é jeito de se apresentar?

Vúlpio respondeu com sua voz rouca, de uma maneira levemente menos displicente do que o habitual:

— Capitã, estou há uns dias para lhe passar uma informação.

— Prossiga...

— Quando a atacaram no porto, eu interceptei uma mensagem trocada entre elas usando o sensor sonoro do primeiro robô de carga que retornou ao galpão.

Margarida arregalou os olhos e se inclinou na direção dele, interessada.

— Sim. Prossiga.

Vúlpio fez um gesto com a mão, comandando que o telefone embutido na mesa onde Margarida estava tocasse o arquivo de som.

Os sons pareciam estalos feitos com a língua, mas numa cadência muito rápida. A capitã olhou para o lado por um instante. Depois de uma ideia repentina, encarou o hacker com os olhos brilhando:

— Código Morse?

— Não seja tão antiquada, Meg — riu. — Isso parece outro código binário. Linguagem de máquina. Não sei quem ou o quê te atacou, mas estavam se comunicando como dois computadores trocando dados diretamente entre si!

Pensativa, Margarida adotou um tom mais sério e questionou:

— Interessante… e o que, exatamente, é a mensagem?

— Ainda não sei. Ela tem uma criptografia diferente, que eu não consegui quebrar até o momento.

— E por que você não me falou antes?

— O algoritmo que eu criei para quebrar criptografias, o Quimera, nunca demorou mais de três dias para finalizar o serviço… queria terminar antes de contar, só que nunca peguei nada parecido. Vai ficar mais rápido se rodar o algoritmo Quimera em um dos seus computadores restritos… Posso?

— Sim, concedido.

Sem que parasse para explicar, ela mudou de assunto abruptamente:

— Preciso de um favor…

Vúlpio ficou espantado com a franqueza de Margarida, mas, ao mesmo tempo, lisonjeado.

— É muito suspeito que eu tenha sido atacada em todas as operações em campo após começar a reunir a equipe. Acho que estão vazando meus memorandos. Se soubermos para onde estão sendo enviados, descobriremos quem está por trás das motoqueiras. Consegue identificar se alguém invadiu meu computador pessoal?

O hacker refletiu profundamente, franzindo a testa. Após alguns segundos, respondeu sem tanta empolgação:

— Não dá… se isso foi feito por um hacker minimamente decente, não haverá traços.

Vendo a decepção estampada no semblante da capitã, Vúlpio ponderou por mais alguns instantes. Empolgou-se com a ideia que teve:

— Mas podemos deixar uma armadilha, caso haja outra invasão! Posso encapsular o algoritmo Quimera num arquivo do tipo cavalo de troia. Quando o arquivo for lido, o Quimera partirá para o ataque!

— Faça isso. E me mantenha informada sobre o progresso. Mas tome um banho antes!

MARGARIDA - A CAPITÃ

- APROX. 50 ANOS
- COQUE IMPECÁVEL
- TRAJE MILITAR
- PRÓTESES (PERNAS)

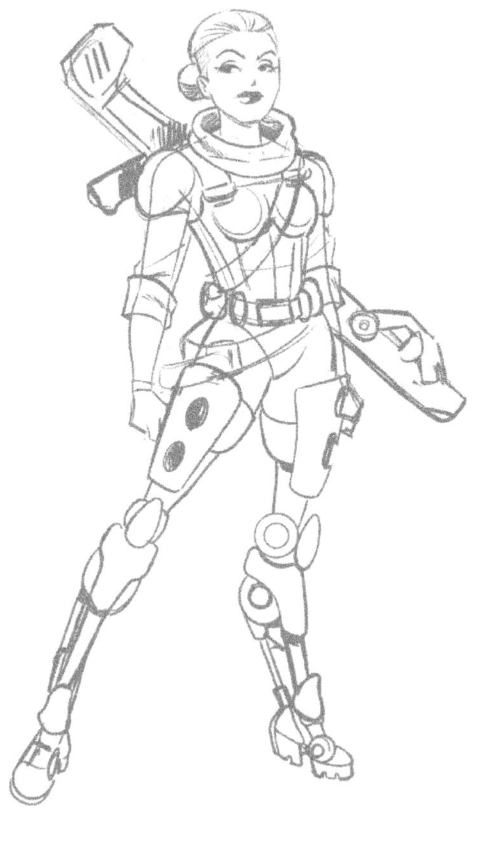

As equipes voavam rumo ao setor leste da cidade em uma noite fria e chuvosa. A missão era obter de Rodolfo a localização de um console físico do Sistema M.E.D.O., já que ele havia trabalhado no projeto de desenvolvimento, décadas atrás.

Vúlpio estava sentado entre Áquila e Rosa, de frente para Margarida, que, por sua vez, se sentava entre Hortência e um soldado do esquadrão que os acompanhava. Todos vestiam calças militares cinza escuras antirrasgo e muito leves. Felipe pilotava o multicóptero presencialmente. Sua manobrabilidade tinha sido afetada pela blindagem eletromagnética recém aplicada, que deixava a aeronave mais pesada.

O hacker estranhava o que via. Durante o briefing que tiveram horas antes, a capitã fora enfática ao determinar que não se envolvessem em nenhum combate. Milícias atuavam na área da missão e qualquer arma sacada seria um perigo. No entanto, Margarida tinha uma nova pistola no coldre axilar, o fuzil sônico pendurado no ombro e servomotores acoplados às articulações do exoesqueleto em seu braço, com cabos saindo deles, passando pelas costas e se conectando a uma luva sem dedos que ela vestia na mão direita, além de uma tonfa pendurada de um lado da cintura e um drone de vigilância retraído, do outro lado. Era a única que não calçava coturno; suas calças terminavam pouco abaixo dos joelhos, deixando as próteses à mostra, com suas extremidades flexíveis tocando o piso. Para completar o visual, vestia um colete escuro, impermeável, igual ao que todos usavam. Tinha o pingente prateado no formato de coruja pendendo para fora da camisa e seu coque estava mais perfeito do que nunca.

"Tudo isso só para conversar com um bêbado!? Não, ela deve estar escondendo alguma coisa…" pensou Vúlpio.

Ao que Rosa apenas sussurrou, numa voz quase inaudível em meio ao ruído das hélices do transporte:

— Não. Ela apenas está sendo precavida. E está determinada a pegar as motoqueiras, caso apareçam.

O hacker encarou a telepata, sem ter certeza se ela havia falado aquilo ou colocado as palavras diretamente em sua mente. Em seguida, olhou para a mão esquerda, pensando:

"Ainda bem que eu trouxe minha soqueira propulsionada a gás!". E ficou contemplando, orgulhoso, a manopla com cilindros que se estendiam até o meio de seu antebraço, cobrindo a cabeça do leão tatuado.

Depois, voltou o olhar para a capitã novamente. Entretanto, vendo-a tão absorta repassando detalhes do plano em uma conversa com Hortência, resistiu à vontade de puxar assunto com ela. Apenas entreouviu algo como "Desta vez, vamos pegá-las com O Tanque. Mas espere pelo meu sinal.". Achou melhor não interromper.

Percebeu que Áquila estava calado desde que embarcaram, com os braços cruzados e olhando para baixo. Cutucou-o com o cotovelo e perguntou:

— Por que você não me diz os números que serão sorteados na loteria semana que vem? Deixo você ficar com cinco por cento do prêmio!

O clarividente descruzou os braços, olhou nos olhos de Vúlpio e respondeu pausadamente:

— Eu poderia… mas você não iria querer. Tudo o que eu prevejo acaba em tragédia. Você seria roubado e morto, ou sofreria um acidente, ou descobriria uma doença terminal… ou algo desse tipo.

Vúlpio coçava a cabeça quando Felipe anunciou:

— Preparar para a aterrissagem!

Margarida se voltou para Áquila, acenou com a cabeça e apontou para a cabine.

O clarividente e a telepata desprenderam seus cintos de segurança e se dirigiram para a cabine, seguidos pela capitã. Áquila se sentou ao lado do piloto e Rosa ficou em pé atrás dele, se segurando no encosto com uma das mãos e tocando a nuca dele com a outra.

Conforme haviam planejado, o clarividente deveria "enxergar" uma janela temporal na qual pudessem pousar, desembarcar, e o multicóptero ainda ter tempo de decolar, ganhar altitude e se esconder nas nuvens, sem que nenhuma pessoa em terra percebesse sua chegada. Embora estivessem acima do terreno baldio próximo à área da missão, aquela era uma zona majoritariamente urbana, e não seria seguro atrair a atenção em um setor dominado por milícias.

Áquila ficou inconsciente. Rosa fechou os olhos e começou a descrever a cena na qual se encontrava, vagando pela mente do clarividente:

— Estou no solo. Está chovendo. Há um cruzamento de duas vias amplas. Atravessando a rua, vejo duas figuras vestindo ternos pretos e máscaras escarlates com narizes compridos. Devem ser os fantasmas! Estão olhando para cima… talvez estejam nos procurando…

— Você vê alguma pessoa? — perguntou-lhe a capitã, apreensiva.

— Droga! Há um mendigo num terreno entre dois sobrados. Mas pode ser que esteja dormindo… ele está abrigado embaixo de uma marquise, deitado, abraçando um cachorro ou bicho de pelúcia encardido. Ah, não! Os fantasmas estão correndo na direção dele!

Embora Margarida ainda não tivesse se acostumado àquele tipo de situação, precisava tomar uma decisão rapidamente:

— Felipe, vamos pousar imediatamente! Caso o mendigo nos veja, lidamos com ele depois.

O multicóptero desceu verticalmente, com velocidade e estabilidade. Os pingos da chuva caíam apenas um pouco mais rápido do que o veículo. Quando a aeronave se aproximou do solo, hastes de pouso se projetaram até tocarem o chão pesadamente. Uma delas bateu em uma poça de água do terreno baldio.

A porta traseira se abriu para formar uma rampa pela qual Margarida desceu empunhando o fuzil. Acionou a função "equipe" na interface em sua lente de contato. Assim, todos podiam acessar, em suas próprias lentes, o que os demais estavam vendo, e ouvir o que cada um ouvia por meio dos fones implantados em seus ouvidos.

A capitã foi seguida por Áquila, que descia aos tropeços, curvado, olhando para o chão, sem ter voltado a si totalmente após a última premonição. As lágrimas em seu rosto se misturavam com a água da chuva. Rosa o guiava segurando em sua nuca.

Por último vinha Vúlpio, que ainda não havia se livrado do seu jeito displicente de caminhar.

Tão logo desembarcaram, a aeronave decolou, ganhou altitude e se escondeu entre as nuvens.

Margarida varreu o local com o olhar. A poucos passos de onde estava, avistou uma marquise se projetando de um sobrado, com uma pilha de trapos sob ela. A imagem conciliava-se perfeitamente com a descrição que Rosa havia feito a partir do que vira na mente de Áquila. Quando se voltou na direção do endereço que procuravam, mais à frente, aquele prédio ganhou um contorno vermelho. Era a função "realidade aumentada", que marcava o endereço para quem olhasse na sua direção através de uma das lentes de contato da equipe. Tratava-se de um edifício de três andares, a algumas dezenas de metros do terreno onde pousaram, cujo acesso se dava através de uma pequena rua sem saída, transversal a uma das vias rápidas da região, conforme haviam visto durante o planejamento da missão.

A capitã caminhou até a pilha de trapos sob a marquise. Rosa e Vúlpio a observavam. Áquila havia recobrado a consciência plenamente, e estava voltado para o edifício de três andares lá na frente.

Margarida percebeu um corpo em posição fetal ali. Empurrou seu ombro com a extremidade de uma das suas próteses, posicionando-o com as costas no chão, a fim de visualizar seu rosto. Era um homem de meia idade com uma barba encardida.

Ela deu dois chutes de leve em seu braço, mas ele não reagiu. Não querendo gastar mais tempo ali, decidiu se abaixar e levou a mão até o pescoço do mendigo para verificar sua pulsação. Pendurou o fuzil no ombro e, ao tocar no homem, além de notar que não havia pulso, também sentiu sua pele gelada. Ele estava morto.

Rosa ainda detectava resquícios de pensamentos por ali, indicando que a morte havia sido recente. Percebeu pensamentos confusos e apavorados. Voltou a focar na missão ao ouvir a voz resoluta da capitã, dizendo:

— Pelo menos não vamos ter que nos preocupar com ele... continuemos!

Margarida tomou a frente da equipe, caminhando rapidamente na direção do edifício de três andares.

Ao deixarem o terreno baldio, deteve-se e sondou com cuidado as vias largas que formavam um cruzamento entre o local onde eles estavam e o endereço marcado. Por um lado, estava mais preocupada com o aparecimento das motoqueiras do que em serem vistos por milicianos. Por outro, desejava que aparecessem mesmo, para utilizar os fantasmas de Áquila contra elas. Mas a chuva havia se intensificado, limitando a visibilidade. Ao não ver ninguém, continuou avançando e atravessou a rua seguida pelo clarividente marchando com a segurança de quem conhece o caminho, pela telepata se deslocando com firmeza e graça, e pelo hacker caminhando espalhafatosamente, com o peito exageradamente estufado.

Com estranheza, a poucos passos antes da entrada para a ruela que dava acesso ao edifício aonde se dirigiam, Margarida parou, voltou-se para Áquila e falou:

— A entrada parece muito quieta, mesmo para uma noite chuvosa. Veja o que há ali e libere a passagem.

Áquila ficou desconfortável. Talvez jamais se habituasse a usar seu dom como uma arma. Seu incômodo cresceu ainda mais ao sentir a mão de Rosa em sua nuca. Ainda assim, se concentrou nas palavras da capitã, involuntariamente se curvou e suas pupilas se dilataram.

Com os olhos semicerrados, a telepata descreveu:

— Vejo um beco escuro. Há um painel em neon no fundo dele sobre uma porta. O painel mostra o desenho de um galo. Percebo também um letreiro luminoso. As letras estão meio embaçadas, mas presumo que dizem "Taverna do Galo Galante", e mostra alguns números, que não consigo ler.

— Vê alguém? — perguntou a capitã, impaciente.

— Sim. Em frente à porta há um homem careca, vestindo terno preto e óculos escuros. Ele é de uma enormidade descomunal! — Rosa mordeu os lábios e fez uma pausa demorada, deixando Margarida aflita.

— Ele está armado?

— Não sei ao certo. Mas parece que está mascando alguma coisa com aquelas mandíbulas avantajadas!

Margarida pendurou o fuzil no ombro, sacou a pistola e a entregou para a telepata, enquanto a instruía:

— Foco na missão! Precisamos de sua total concentração... pegue a pistola, fique aqui, cuide de Áquila e mantenha um olho na rua, pois não queremos ser vistos.

Em seguida, voltou-se para Vúlpio, apontou para a luva dele e continuou:

— Espero que saiba utilizar isso.

Depois, tirou a tonfa da cintura e a girou, cobrindo seu antebraço com ela. Prosseguiu orientando o hacker:

— Vamos entrar no beco para neutralizar o segurança o mais rápido e silenciosamente possível!

A capitã deu um pequeno impulso para ativar as próteses e avançou rapidamente, aos saltos, beco adentro, seguida por Vúlpio.

Poucos metros à frente, avistou a porta e o painel de neon sobre ela, exatamente como Rosa havia descrito. O segurança, entretanto, não era tão grande quanto a telepata havia dito. E estava caído, se debatendo no final da ruela, sob a luz do neon que também iluminava os pingos da chuva que deixaram o terno dele ensopado.

Margarida foi freando aos quiques, até estar próxima da porta. Uma batida eletrônica e monótona vinha abafada lá de dentro. Ela se abaixou para examinar o corpo. Viu o rosto roxo do segurança agonizando. Era o último fôlego do homem, que morreu engasgado.

Vúlpio havia a alcançado e a afastou do corpo, puxando-a pelo ombro:

— Cuidado, capitã. Os óculos dele têm uma câmera embutida.

Então, ele retirou os óculos do corpo, revelando olhos esbugalhados e avermelhados, e os pendurou no painel, apontados para uma das paredes. Depois, disse, orgulhoso:

— Pronto! Agora podemos entrar e sair sem sermos detectados! Só espero que já não tenham nos visto...

Naquele momento, Margarida estava chamando Rosa, que os ouvia através do fone implantado no seu ouvido. Segundos depois, a telepata chegou, guiando Áquila pela nuca, já que ele ainda não havia voltado a si.

Margarida pendurou a tonfa na cintura novamente.

— Prosseguiremos com o plano — falou enquanto tomava a pistola da mão de Rosa e a guardava no coldre. — Vou ficar de olho na rua. Áquila fica comigo. Rosa e Vúlpio, vocês entram no bar para reconhecimento... — e, após uma breve pausa, falou, enfatizando cada sílaba — com discrição!

Rosa olhou para baixo e Margarida concluiu:

— Estarei com vocês, enxergando o que vocês veem e ouvindo o que vocês ouvem.

Sem demora, Vúlpio abriu a porta e entrou, seguido por Rosa. A batida eletrônica que tocava lá dentro doeu em seus ouvidos, até se acostumarem.

Um pequeno corredor mal iluminado levava até um salão. Fumaça de cigarro impregnava o ar. Rosa achou estranho o que Vúlpio pensava naquele instante. Ele estava gostando do ambiente que, para ela, era horrendo.

Enquanto percorriam o corredor, ela detectou nele a intenção de fingirem ser um casal.

— Nem pense nisso! — disse Rosa, imediatamente.

Ele riu.

O salão não tinha janelas, estava abafado. Havia umas trinta pessoas, quase só homens, o que deixava a ocupação das mesas na metade da capacidade máxima. Rosa concluiu que aquilo era inesperado para uma noite fria e chuvosa no meio da semana. Deveria haver algo muito bom ali para compelir tantas pessoas a estarem naquele bar.

Mas logo começou a captar os pensamentos no ambiente e sentiu muita tristeza, miséria, medo e um pouco de raiva. Tremeu.

Vúlpio varreu o local com o olhar. No fundo do salão havia um bar e, ao lado deste, a entrada para outro corredor. Do lado de dentro do balcão, um barman obeso e com uma argola gigantesca ostentada no nariz servia uma dose de cachaça para um homem idoso calvo e com cara de rabugento, que vestia uma jaqueta volumosa.

No momento em que Vúlpio passou o olhar pelo homem que recebia a bebida, este foi marcado com um contorno vermelho, que podia ser visto por toda a equipe através das suas lentes de contato.

Através dos fones implantados em seus ouvidos, ouviram a capitã dizendo:

— Este é o nosso alvo, Rodolfo. Rosa, vá até ele e veja se consegue extrair a localização de um console do Sistema M.E.D.O. telepaticamente.

Rosa cruzou o salão desfilando, atraindo olhares para si. Enquanto andava na direção de Rodolfo, foi sentindo os pensamentos tristes naquele ambiente gradativamente mudando para admiração, luxúria e inveja. Alegrou-se por aliviar as pessoas daqueles pensamentos e ficou à vontade em meio à luxúria.

Por sua vez, Vúlpio foi até uma mesa vaga na outra extremidade do salão. Estava tentando ser o mais discreto possível, como a capitã havia determinado. Ficou sentado, olhando as paredes e o teto em busca de câmeras de vigilância. Só viu uma que estava no teto, apontada para o bar. Achou curioso que Rodolfo tivesse o hábito de ficar no foco de uma câmera de vigilância.

— Ele não deveria estar mais preocupado em não ser visto? — indagou o hacker, coçando a cabeça.

Mas Margarida não prestou atenção, porque ouvia a conversa de Rosa e Rodolfo com grande expectativa.

Com um sorriso amigável nos lábios, Rosa se sentou ao lado de Rodolfo e girou o banco para ficar de frente para ele. Estranhou o fato de ele sequer a olhar, pois, conforme estava acostumada, quase todos os olhares foram capturados por ela ao caminhar pelo salão.

Quando se inclinou em sua direção e tocou seu ombro, a fim de chamar-lhe a atenção, este, sem tirar os olhos do seu copo, falou com uma voz grossa e firme, claramente audível mesmo naquele local barulhento:

— Não tenho dinheiro. Vá embora.

Rosa ficou ultrajada. De tão afetada, teve dificuldade para sentir os pensamentos dele. Quis ir embora dali. Vendo aquilo, o barman bufou, deu as costas para eles e foi preparar um drinque em outro canto do bar.

A telepata girou o banco para a direção oposta à de Rodolfo e estava prestes a se levantar quando ouviu a voz enérgica da capitã através do fone em seu ouvido:

— Rosa, você é mais forte do que isso. A maneira mais rápida de concluirmos a missão é extraindo a informação telepaticamente. Logo terminaremos aqui e nunca mais vai vê-lo! Contamos com você!

Rosa suspirou. Ergueu a cabeça e virou o banco na direção de Rodolfo novamente. Concentrou-se para articular as palavras com sua voz musical:

— Calma, lobão... não quero dinheiro. Você vem sempre aqui?

Finalmente, o homem se moveu. Virou a cabeça, lenta e sutilmente, e, com uma expressão de tédio, encarou Rosa apenas por alguns segundos antes de voltar sua atenção de novo para a bebida.

Acompanhando o diálogo lá de fora sob a chuva intensa, mas sem se descuidar da movimentação na rua, Margarida falou, com a palma da mão na testa:

— Se não puder extrair a informação, veja se consegue descobrir alguma motivação ou interesse dele.

O homem voltou a olhar para o copo por uns instantes. Depois, o levou até a boca para sorver um gole volumoso e barulhento. Rosa não estava conseguindo navegar pela mente dele. Sua concentração no copo parecia inabalável, o que bloqueava a telepata.

Quase desistindo, Rosa virou o banco e olhou para o chão. Acompanhando a visão da telepata por meio do monitor na lente de contato, Margarida concluiu que a telepatia não estava surtindo efeito. Resolveu tentar uma última ideia, antes de entrar:

— Rosa, percebe se algo no ambiente o incomoda?

A telepata se endireitou na cadeira, divisou o copo e em seguida ficou analisando Rodolfo. Observou sua jaqueta, seu rosto... viu que tinha olheiras profundas. Sentiu lampejos de pensamentos que ele tinha de vez em quando, ao ter sua atenção saindo do copo para algo no teto. Concentrou-se nisto e se surpreendeu ao perceber que não era um simples incômodo. Tratava-se de medo. Mais ainda, detectou que Rodolfo tinha pavor da câmera no teto e se sentia sufocado por ela.

Mas logo ele tornou a focar na bebida e tais pensamentos se perderam. Rosa mirou a câmera e arregalou a sobrancelha, marcando-a assim para que toda a equipe pudesse vê-la.

Orgulhoso, Vúlpio deu um tapa na mesa e riu:

— Eu sabia que era a câmera!

— Bom trabalho, Rosa. — disse Margarida. — Agora, vá caminhando lentamente até a mesa de Vúlpio para desviar a atenção da porta, pois vamos entrar!

A capitã desprendeu o drone de vigilância que trazia na cintura, acionou-o e o deixou pairando no ar na entrada da ruela, apontado para a larga via expressa que passava em frente. Assim, todos os integrantes da equipe poderiam acessar as imagens feitas pelo drone através dos monitores em suas lentes e ver, em tempo real, caso alguém se aproximasse da porta do bar.

Em seguida, andou rapidamente até o fim da ruela e Áquila a seguiu. Parou na porta, esfregou o pingente e o colocou para dentro da camisa. Voltou-se para trás com o intuito de entregar o fuzil ao clarividente. Notou que ele evitava olhar para o corpo do segurança caído, virando o rosto para o lado oposto com gestos exagerados. Esperou que ele se aproximasse e encontrasse seu olhar.

— Áquila, fique com o fuzil. Assim que chegarmos no salão, vá até a entrada ao lado do bar e espere por mim lá.

Ele segurou a arma sem jeito, como se a estivesse abraçando, e seguiu Margarida até o salão.

No salão, Rosa e Vúlpio fingiam ser um casal. Ela havia acabado de dar um tapa nele e gesticulava amplamente enquanto o xingava. Com isto, atraiu a atenção de quase todos para a mesa no canto oposto ao bar, até mesmo o barman olhou para lá. Não capturou a atenção somente de Rodolfo, que permanecia imóvel, e de algumas pessoas que estavam bêbadas demais para se importarem com a confusão. Mas estas mesmas pessoas, anestesiadas pelo álcool, também não se alarmaram quando Áquila correu rente a uma das paredes até o corredor ao lado do bar segurando o fuzil e Margarida se aproximou de Rodolfo, tocando suas costas com o cano da pistola.

— Senhor Rodolfo, você está cercado. Mas não se preocupe… Só queremos lhe fazer algumas perguntas. Depois, vamos embora.

O homem tomou um gole, sem pressa. Após limpar a garganta, disse com firmeza, mas calmamente:

— Não sei quem são "vocês". Mas vocês também não fazem ideia do erro que cometeram. Não vão sobreviver a esta noite.

Margarida pressionou com mais força o cano da pistola em suas costas. Ele reagiu, falando sem esboçar qualquer emoção:

— Vá em frente. Atire. Eu não me importo… — em seguida, levou o copo à boca para mais um gole.

A capitã então desencostou a pistola das costas dele, aproximou o rosto da sua orelha para dizer dentro do seu ouvido:

— Daqui eu consigo acertar aquela câmera no teto.

Rodolfo se engasgou e cuspiu a bebida que tinha na boca. Falou desesperado, arregalando os olhos:

— Você é completamente maluca! Venha comigo, antes que faça alguma besteira!

O homem se levantou e caminhou com pressa até o corredor ao lado do bar. Margarida o acompanhou de perto como uma sombra. Chamou Vúlpio e Rosa, que concluíram sua "briga" com um abraço e logo foram se juntar à capitã.

Rodolfo não demonstrou surpresa ao passar por Áquila agarrado ao fuzil. No fim do corredor, havia duas escadarias. Uma ampla, que subia para o próximo piso do prédio e uma claustrofobicamente estreita, pois as paredes ao seu redor eram reforçadas por quase um metro de concreto, que descia até uma porta metálica.

O homem desceu seguido por Margarida, Áquila, Rosa e Vúlpio.

O porão era iluminado por antiquadas lâmpadas incandescentes, que tornavam o local menos frio e mais aconchegante. Entraram em um quarto que, de um lado tinha uma cama simples, desarrumada, com uma poltrona em frente a ela, e, do outro, a entrada para um banheiro. Uma das paredes tinha um armário embutido. Outra, abrigava um grande computador pessoal do tipo estação de trabalho. O teto era baixo por causa de uma camada de cimento improvisada.

Assim que passaram pela porta, Rodolfo voltou-se para a escada, certificou-se de que não havia ninguém ali e a trancou com cuidado, utilizando quatro travas manuais. A música do salão quase sumiu com a porta fechada. Em seguida, começou a andar até o armário.

— Eu não o deixaria se aproximar daquele armário! — alertou Rosa.

Vúlpio deu um largo passo para o lado, se colocando entre Rodolfo e o móvel embutido. Depois, ficou encarando o homem enquanto alisava a luva.

Áquila passou atrás de Vúlpio. Colocou o fuzil no chão, recostado na parede, e abriu o armário. Espantada com o que via, a capitã se aproximou.

O armário guardava um arsenal numeroso. Ao passar os olhos rapidamente, Margarida identificou duas espingardas de cano serrado, duas pistolas, uma metralhadora e muita munição. Em seguida, pegou o fuzil sônico do chão, fechou o armário e se virou para o homem:

— Senhor Rodolfo, tenho cada vez mais perguntas para lhe fazer... — e, apontando para a poltrona, concluiu — Por que não se senta?

O homem hesitou e não se moveu. Então, Margarida pendurou o fuzil no ombro, sacou a pistola e a engatilhou. Por fim, Rodolfo caminhou lentamente e se sentou na cadeira, ainda com cara de tédio. Por trás da expressão em seu rosto, Rosa detectou incômodo e medo, conforme esperado.

— Minha colega é telepata. — Margarida tinha uma seriedade assustadora. — Se mentir, ela vai saber e eu vou dar um tiro na sua perna. Se cooperar, logo iremos embora e nunca mais vai nos ver.

A capitã estava absolutamente concentrada na conversa com Rodolfo. Rosa se empolgou por, finalmente, começar a conseguir ler os pensamentos dele. Áquila usava toda sua energia para tentar evitar pensar no futuro de Rodolfo para poupá-lo de uma tragédia. E Vúlpio dividia sua atenção entre a conversa e uma vontade desmedida de mexer naquele computador restrito embutido na parede. Assim, nenhum deles se deu conta de que, por estarem em um local revestido com uma espessa camada de cimento, tinham perdido a comunicação com o multicóptero e com o drone de vigilância.

— Vamos lá. Onde há um console físico conectado ao Sistema M.E.D.O.?

Rodolfo olhou para baixo e balançou a cabeça em negação:

— Já faz muitos anos que participei daquele maldito desenvolvimento… sei lá se ainda existe algum console — e ficou pensativo.

Margarida olhou para Rosa. Esta se concentrou por alguns segundos e falou:

— Rua L8-238.

Rodolfo estava cheio de lembranças do local cujo endereço a telepata havia detectado em sua mente.

— Isso é loucura! — disse, espantado. — Este lugar abrigava as instalações onde eu trabalhei uns quarenta anos atrás… não sei quem vocês são, mas estão ferrados! "Ele" não se chama M.E.D.O. à toa.

A capitã suspirou. Estava contente por ter extraído a informação sobre onde poderia haver um console, mas ainda tinha muitas dúvidas. Não iria encerrar a missão sem investigar mais. Voltou-se para Vúlpio:

— Veja o que há no computador.

Vúlpio não conseguiu conter a animação. Saltitante, aproximou-se do grande computador e apontou para ele, se conectando. Porém, o acesso era impedido por senha. Ainda mais animado com o desafio, rodou seu programa Quimera para invadir o sistema.

Vendo o hacker mexer em seu computador, Rodolfo se agitou. Iria protestar quando a capitã o interrompeu, apontando a pistola para sua perna e fazendo mais uma pergunta:

— E qual o motivo da sua obsessão em aparecer naquela câmera por anos?

O homem bufou e cruzou os braços, se negando a responder. Porém, de novo, respondeu mentalmente para si mesmo. Segundos depois, Rosa falou para Margarida:

— Naquela época, ele adicionou pessoalmente um código que evitava o acionamento das defesas do Sistema M.E.D.O. caso nenhum parâmetro monitorado mudasse. O senhor Rodolfo realmente acredita que aparecer na câmera todos os dias fazendo a mesma coisa, sem mudar nada, vai mantê-lo seguro.

— Seguro do quê? — perguntou a capitã.

— Não consegui identificar… estes pensamentos são bem confusos. Acho que ele é maluco…

Lá em cima, sobrevoando a área da missão no multicóptero, Hortência estava preocupada. Já haviam se passado incontáveis minutos desde que perderam contato com a equipe em solo. Entretanto, hesitava em enviar o esquadrão disponível na aeronave, pois soldados armados invadindo um bar em um setor violento da cidade era um risco que não pretendia correr.

Mudou de ideia rapidamente com o que viu pela câmera do drone que vigiava a ruela que dava acesso ao bar. Vinham, sob a chuva densa, duas motoqueiras de cabelos coloridos, com várias tranças para fora dos grandes capacetes cujos visores pareciam olhos de insetos. A imagem correspondia perfeitamente ao relato de Margarida, concluiu Hortência.

Elas pararam suas motos na rua e desapareceram da área de cobertura do drone, andando com velocidade impressionante ruela adentro, na direção da porta do bar.

Com isto, Hortência não hesitou mais. Enviou seis soldados armados para a área da missão, com o objetivo de encontrarem a equipe da capitã Margarida e os escoltarem até um local seguro para embarcarem no multicóptero.

???

O hacker fez um sinal para a capitã, indicando que havia concluído a pesquisa no computador. Pela expressão de orgulho em seu semblante, Margarida sabia que ele devia ter encontrado informações relevantes.

A capitã estava satisfeita. Tinham obtido não somente o endereço de um local no qual poderia haver um console conectado ao Sistema M.E.D.O., como também informações no computador de Rodolfo que Vúlpio julgou serem importantes. Entretanto, não havia tempo para que ela examinasse, ali mesmo, o que quer que o hacker tivesse encontrado. Deferiu ao julgamento dele e resolveu que analisaria as informações posteriormente, na base. Pediu que as armazenasse consigo para mostrar-lhe depois.

Por fim, decidiu encerrar a missão. Guardava a pistola, se preparando para conduzir a equipe até um ponto de extração onde pudessem embarcar na aeronave com segurança. De repente, Áquila caiu e ficou se contorcendo no chão. Estava tendo uma de suas crises!

Margarida cogitou o carregar. Porém, Rosa se ajoelhou ao lado dele, segurando sua cabeça pelas têmporas. Então, ela preferiu ver se a telepata conseguiria livrá-lo do seu tormento. Afinal, a saída pelo bar seria bem mais discreta caso o clarividente estivesse no seu estado normal.

Rosa cerrou os olhos e começou a descrever o que via na mente de Áquila:

— Estou subindo a escada estreita que leva até o salão... Nossa! Vejo corpos mutilados por toda a parte...

A telepata começou a se emocionar. Sua respiração encurtou, e ela continuou falando, quase sufocando com o início de um choramingo:

— Tem um rio de sangue... tem sangue até nas paredes!

Aproveitando que a capitã havia lhe dado as costas e que a atenção dela e de Vúlpio estava em Rosa e Áquila, Rodolfo se levantou e moveu-se furtivamente em direção ao armário.

— Vê alguém de pé? — perguntou a capitã sem demonstrar qualquer comoção.

— O barman, atrás do balcão do bar, atirando com uma espingarda igual àquelas que vimos no armário.

— Em quem ele está atirando?

— Em uma motoqueira empunhando uma espada japonesa. Mas os disparos são inúteis! Se espalham na frente dela...

Subitamente, um estampido foi ouvido em frente ao armário. Margarida olhou para o lado e viu Rodolfo no chão e Vúlpio com o braço esquerdo estendido. Um dos cilindros anexados à luva dele ainda soltava fumaça após uma carga de gás ter sido utilizada para dar impulso extra a um soco.

A capitã fez um sinal para o hacker e este arrastou Rodolfo pela gola até o banheiro. Depois, ela se voltou para Rosa:

— Vê algum fantasma?

— Sim. Há dois deles no salão, apenas olhando. Droga! Um terceiro fantasma entrou no bar e se aproximou do barman...

Naquele momento, a telepata tirou as mãos do rosto de Áquila, que continuava a se debater. Ambos tinham lágrimas nos olhos. Porém, Margarida não se abalou. Ponderou sobre as duas saídas possíveis: pelo bar, conforme planejado, ou subindo até o terraço do prédio, para embarcarem no multicóptero lá de cima.

Foi neste instante que ela se deu conta de que haviam perdido a comunicação com o exterior e concluiu que qualquer saída seria bem mais fácil com o clarividente consciente. Desta forma, aproximou-se dele e disse, pausadamente:

— Áquila, você está seguro aqui dentro, conosco. Os fantasmas não vão chegar perto de você nem de nenhum de nós. Nós precisamos de você! Volte!

Fitou-o por alguns segundos, mas ele não reagia. Então, pediu uma confirmação de Rosa, pois isto definiria seu curso de ação:

— A motoqueira está com a espada, e não com a submetralhadora, certo?

E a telepata respondeu, entre um soluço e outro:

— Positivo!

A capitã sentia que precisava agir rapidamente. Por isso, confiou totalmente em Rosa. Colocou o fuzil no chão, abriu as quatro travas manuais da porta, desprendeu a tonfa da cintura e a girou, para que cobrisse seu antebraço.

— Rosa, abra a porta! Depois que eu sair, feche imediatamente.

Rosa temeu o plano que viu na mente de Margarida, mas compreendeu que era a única saída, já que estavam encurralados. Abriu a porta com as mãos trêmulas.

A música havia parado, um silêncio assustador dominava o exterior do quarto. As luzes lá de cima estavam apagadas e as do quarto começaram a oscilar quando a porta foi aberta.

Entre duas pulsações das lâmpadas, Margarida avistou a motoqueira de tranças azuis. Ela se movia rapidamente empunhando a espada, vindo ameaçadoramente até o topo da escadaria estreita.

A capitã segurou o cabo da tonfa o mais firme que pôde. Avançou, saltando de dois em dois degraus. Cada vez que se impulsionava, as extremidades flexíveis das próteses armazenavam mais e mais energia cinética.

Margarida subia a escada como um raio. Mesmo assim, naquele ínfimo intervalo de tempo, trouxe à tona as sensações de frustração, dor e raiva que as agressoras a fizeram sentir.

Encontraram-se no topo da escadaria. A motoqueira desferiu um golpe amplo com a espada, rápido e forte, sua lâmina rasgando o ar. A capitã era um pouco mais lenta, porém, levantando o braço com um movimento curto, conseguiu se defender. A lâmina cinzenta parou na tonfa fazendo um barulho seco. Naquele momento, Margarida sequer teve tempo para prestar atenção, mas a força aplicada por sua inimiga era sobre-humana. Se não fosse a inércia que adquirira subindo a escada com velocidade, certamente o impacto a teria deslocado.

Quase no mesmo instante em que se defendeu, a capitã cravou uma das próteses no último degrau da escadaria e desferiu um gancho contra o capacete da motoqueira. Margarida concentrou naquele golpe a energia dos motores do exoesqueleto no braço dela, mais sua inércia, mais o ímpeto agressivo proveniente da raiva que sentia.

A velocidade do contra-ataque foi tão grande que nem mesmo o reflexo sobre-humano da sua inimiga lhe permitiu se esquivar. A violência com que o exoesqueleto atingiu o visor do capacete lançou a motoqueira para o alto. O degrau no qual a capitã havia se apoiado rachou e o exoesqueleto se despedaçou com o impacto, derrubando os motores acoplados nas articulações. Com isto, as feridas dos tiros que havia levado no braço se abriram.

Entretanto, não havia tempo para que desse atenção à dor. As luzes do salão se acenderam e Margarida avistou, vindo do corredor que levava até a saída, a motoqueira de tranças cor-de-rosa sacando uma submetralhadora.

A capitã se virou o mais rápido que pôde e se lançou escadaria abaixo. Uma rajada de tiros passou logo acima da sua cabeça. Tropeçando pelos degraus, ela se concentrou em enviar o comando que poderia ser a salvação da equipe:

— Hortência! Mande "O Tanque", agora!

Margarida se ateve à frente da porta para enviar outra mensagem antes de entrar no quarto fortificado e perder a comunicação. Ela estava suando frio, torcendo para que a inimiga não aparecesse no topo da escadaria atirando.

— Felipe! A extração será pelo topo do prédio!

Abriu a porta e entrou, com a esperança de que esta fosse à prova de balas. Assim que a fechou, ouviu-se uma rajada de tiros retumbando na porta metálica. Mesmo com todos tensos dentro do quarto, um sorriso involuntário lhe escapou no rosto ao ver Áquila se levantando.

Sem comoção, Margarida verificou como estavam lidando com a pressão, enquanto o clarividente voltava a si. Rosa lhe pareceu a mais afetada. Quase chorando, tremia cada vez que uma rajada de tiros atingia a porta. Precisava ser extraída da área da missão antes que perdesse o controle.

Por sua vez, Vúlpio parecia anormalmente tranquilo e cheio de si. Depois de trancar Rodolfo nocauteado no banheiro, voltou ao computador e tratou de estabelecer uma ligação entre a estação de trabalho e o sistema de compartilhamento da visão da equipe. Em meio à criticidade da situação, a capitã sequer pensou em quantos protocolos foram quebrados com tal feito, bem como nas punições que aquela proeza do hacker poderia trazer para ela e para ele mesmo. Por outro lado, o computador era o único dispositivo dentro do quarto que lhes permitia alguma comunicação com o exterior.

Margarida se posicionou ao lado de Vúlpio e analisou a tela do computador, que mostrava simultaneamente nove imagens.

A capitã concluiu que o primeiro bloco, com seis imagens, era a visão dos soldados que acompanhavam sua equipe. Três delas estavam escuras. Ou foram para algum local sem comunicação, ou não tinham energia suficiente para manter sua visão funcionando.

Outras duas imagens apontavam para o céu chuvoso, com as paredes da ruela que levavam ao bar aparecendo. Ambas estavam embaçadas, esmorecendo progressivamente até escurecerem.

A última imagem mostrava a visão de um dos soldados em movimento. Margarida interpretou que ele estivesse correndo, saindo da ruela. Mas parou subitamente. Olhou para baixo e viu uma lâmina cinzenta lhe trespassando o abdome. Em seguida, a imagem foi escurecendo.

Foi quando ouviram um grande estrondo vindo de fora.

— Nosso tanque chegou! — vibrou Margarida.

A sétima imagem no monitor mostrava o que a câmera do drone de vigilância capturava. Era uma cratera na via rápida em frente à ruela. Em um átimo, uma motoqueira passou em frente à câmera. Foi tão veloz que a capitã não teve certeza, apenas a impressão de que as tranças que viu eram verdes: "Então... são três motoqueiras!?". Atenta aos pensamentos dela, Rosa intensificou o choro.

A oitava imagem mostrava o exterior do multicóptero, e não se via nada além de chuva. "Felipe deve estar aguardando a confirmação de que chegamos no terraço..."

No momento em que Margarida direcionou o olhar para a nona imagem no monitor, os ataques à porta cessaram. Era a visão de Hortência. Ela via dois braços mecânicos se estendendo em sua frente, se apoiando na borda da cratera e dando um impulso, propulsionando-a para fora do buraco. Ali, parou, mirando a ruela com duas metralhadoras de grande calibre, iguais às que havia no multicóptero.

Hortência era pequena, mas sua linha de visão estava alta. Margarida respirou, aliviada, pois sabia que Hortência vestia o exoesqueleto de combate conhecido como "O Tanque". Vúlpio, ao contrário, ficou confuso e voltou o olhar para a sétima imagem, que mostrava Hortência a partir da câmera do drone de vigilância.

Ele ficou impressionado com o que viu em frente à cratera: um exoesqueleto completo medindo em torno de dois metros e meio de altura, blindado e com um escudo se projetando para baixo de cada braço. Tubos conectavam acionamentos pneumáticos em algumas articulações e servomotores elétricos estavam fixados em outras. Para esta missão, o exoesqueleto de combate recebera um revestimento extra sobre a blindagem que o deixava mais escuro do que a noite, e servia para proteger seus componentes eletrônicos da interferência do escudo eletromagnético das motoqueiras.

Hortência apontava duas grandes metralhadoras acopladas nos braços na direção da saída da ruela. Contrastando com esta aparência ameaçadora, podia-se identificar, no alto do exoesqueleto, os inconfundíveis olhos meigos de Hortência através do seu visor retraído.

Margarida voltou-se para Áquila, que já havia se recuperado.

— Áquila, o que vai acontecer com as motoqueiras? — perguntou, olhando fundo nos seus olhos.

O clarividente respirou profundamente e foi entrando em transe. Suas pupilas se dilataram e ele ficou levemente curvado. Rosa, ainda trêmula, tentava se recompor. Preparava-se para entrar na mente dele, mas a capitã a interrompeu:

— Vúlpio! Rosa! Vocês viram a escadaria que leva até os pisos superiores, certo?

Rosa acenou positivamente com a cabeça. Vúlpio respondeu "positivo!", porém, não conseguia tirar os olhos do monitor. Estava entretido observando as imagens da transmissão da visão de Hortência, que mostrava a motoqueira de tranças cor-de-rosa e a de tranças azuis caminhando para fora da ruela sob uma chuva de tiros disparados pelas metralhadoras do exoesqueleto. Entretanto, as balas não surtiam efeito, pois eram defletidas para direções aleatórias ao chegarem perto das motoqueiras por ação do escudo eletromagnético.

— Não estou conseguindo as "enxergar"... — falou Áquila, saindo do transe constrangido — Preciso vê-las pessoalmente...

As palavras do clarividente pesaram sobre seus colegas. Após refletir por alguns segundos, a capitã continuou:

— Vúlpio, pegue uma arma... — o hacker correu até o armário com os olhos brilhando. Rapidamente, encaixou um pente cheio de balas na pistola, que prendeu na cintura, e pegou uma espingarda de cano serrado, bem como um punhado de cartuchos para ela.

Rosa parecia estar prestes a se descontrolar. Por isto, Margarida julgou que ela não deveria se armar.

— Vocês dois vão subir até encontrarem um acesso ao terraço. Felipe vai os extrair por lá. Eu e Áquila vamos confrontar as motoqueiras! Mais uma coisa… — e eles se voltaram atentos para a capitã — É possível que haja mais uma motoqueira no perímetro da missão. Caso a encontrem, não a enfrentem. Movam-se para o terraço ou, se necessário, retornem a este quarto.

Margarida se apressou para abrir a porta e sacou a pistola, usando apenas a mão direita. Seu braço esquerdo doía, as feridas abertas sangravam, e destroços do exoesqueleto arruinado pelo soco que dera na motoqueira de tranças azuis ainda pendiam da ombreira.

Subiu a escadaria atenta ao que poderia encontrar pela frente. As luzes do salão estavam acesas. Fez um sinal para que os demais se movessem. Áquila parou a um passo dela. Vúlpio e Rosa correram a outra escadaria acima, em busca de um acesso para o terraço.

O salão não se parecia em nada com o que Rosa tinha descrito. Não havia corpos mutilados nem rio de sangue. Vendo cadeiras tombadas e copos quebrados no chão, Margarida imaginou que as pessoas tinham saído às pressas, mas haviam sido poupadas.

Atravessou o salão e o corredor que levava até a saída com o clarividente a seguindo de perto. Ainda chovia forte quando chegaram na ruela. Margarida se enfureceu ao ver os corpos despedaçados de cinco soldados pelo chão. Ali fora, Áquila andava olhando para cima, para evitar ver as pessoas mortas. Na saída da ruela, a capitã percebeu que o drone de vigilância estava caído. "Deve ser interferência do escudo eletromagnético", pensou. Por isto, preparou a tonfa no lugar da pistola e partiu para a via rápida. Havia três motos estacionadas no meia da rua, perto de onde Hortência travava uma batalha contra duas motoqueiras.

Olhos focados à frente, sem hesitar, Margarida avançou na direção da luta, dando um impulso inicial e, em seguida, correndo aos saltos. As motoqueiras eram bem mais rápidas do que Hortência, por isso, esta não conseguia as atingir. As duas inimigas, por sua vez, desferiam golpes curtos com as espadas, que pareciam ineficazes. Entretanto, a capitã logo soube que não estavam tentando danificar O Tanque. Estavam procurando por pontos fracos na blindagem do exoesqueleto!

Áquila parou e observou o combate por alguns segundos. Depois, abriu os braços e suas pupilas se dilataram. Estava entrando em transe novamente.

A motoqueira de cabelos verdes, diferentemente das outras, não tinha mochila. Foi pega de surpresa quando Margarida chegou com velocidade pelo seu flanco, atingindo-lhe o ombro, concentrando toda a inércia no antebraço protegido pela tonfa. Com o impacto, a inimiga foi lançada longe, caindo dentro da cratera.

Ao ver isto, a motoqueira de tranças azuis, que tinha o visor do capacete trincado, lançou-se contra a capitã, desferindo um golpe amplo e forte com a espada. A lâmina parou em contato com a tonfa mas, apesar de ter se defendido da investida, Margarida ficou abalada com a violência do impacto. Não teria condições de se defender dos próximos ataques.

Aproveitando a distração da motoqueira, Hortência a atingiu com um golpe pesado de um dos escudos do exoesqueleto. A inimiga foi rolando pelo chão. Alguns metros à frente, levantou-se visivelmente atordoada. Em vez de continuar lutando, virou-se e correu na direção de sua moto. Ao mesmo tempo, a outra inimiga saía sorrateiramente da cratera para também correr até sua moto.

As rodas haviam sofrido avarias severas por causa de uma saraivada de tiros disparados por Hortência. Ainda assim, elas bateram em retirada. O contato das rodas com o asfalto gerava faíscas e um som estridente.

Uma lágrima vertia no rosto de Áquila, já molhado pela chuva e suor frio, ao mesmo tempo em que as motoqueiras aceleravam no cruzamento das duas vias rápidas. Foi quando um caminhão apareceu repentinamente, atingindo a de tranças verdes em cheio e a arrastando por muitos metros. A outra conseguiu retomar o controle da moto e prosseguiu em retirada.

Satisfeita, Margarida percebeu que a comunicação havia voltado. Vúlpio e Rosa já estavam no multicóptero. Então, chamou Felipe para que pousasse no terreno baldio. Com um sorriso no rosto, olhou para Áquila, que ainda estava em transe.

O sorriso rapidamente deu lugar a uma expressão vazia quando viu a motoqueira de tranças cor-de-rosa se aproximar furtivamente das costas do clarividente. Sem que a capitã tivesse tempo de reagir, a inimiga perfurou a base do seu pescoço com uma seringa, derrubando-o em seguida.

Margarida correu na direção de Áquila, ainda caído no chão. Hortência foi ao encalço da motoqueira o mais rápido que conseguiu, com cada passada do pesado exoesqueleto fazendo o chão tremer. Porém, a outra era muito veloz. Subiu na moto e bateu em retirada, e logo Hortência perdeu contato visual. A inimiga havia desaparecido sob a chuva espessa…

A aeronave decolou com todos a bordo, mais o corpo da motoqueira de tranças verdes, que seria investigado posteriormente. Áquila tinha os sinais vitais estáveis, embora permanecesse desacordado. Não era possível detectar durante o voo o que havia sido injetado nele.

Enquanto o multicóptero ganhava altitude, o único movimento que se via nas ruas lá embaixo era o caminhar sem rumo de um vira-latas desorientado sob a chuva intensa daquela noite fria.

Na aeronave, só se ouvia o ruído das hélices. A ausência de conversas indicava o quanto todos estavam exaustos. Rosa voltava, pouco a pouco, a se recuperar emocionalmente. Vúlpio, mesmo ofegante e cansado, estufava o peito orgulhoso das informações que obtivera no computador de Rodolfo. Não via a hora de mostrá-las para a capitã.

As feridas abertas no braço de Margarida ardiam. Os dedos doíam bastante, era possível que tivesse fraturado alguns ossos com o soco que dera na inimiga na escada. Porém, naquele momento, ainda não prestava atenção aos ferimentos. Refletia profundamente.

Por um lado, estava satisfeita por Rosa ter obtido o endereço de um console para invadirem o Sistema M.E.D.O., que era o objetivo da missão, por Vúlpio ter coletado informações do computador de Rodolfo e por Áquila ter neutralizado uma das motoqueiras. Por outro lado, indagava: "Mas a que custo?". Seis soldados foram mortos e o clarividente havia sofrido um dano que ainda nem podiam avaliar... a culpa lhe pesava nos ombros e a machucava mais do que qualquer ferimento.

Não conseguiu mais ponderar sobre os resultados da missão ao ser assolada por uma dúvida: "Por que Áquila não previu o ataque da motoqueira de cabelos cor-de-rosa?".

Nisto, Rosa, que tinha o rosto apoiado nas mãos, repousando sobre os joelhos, ergueu a cabeça e com dificuldade, tomou fôlego para dizer:

— Capitã, talvez ele tenha se entregado, de propósito.

— Por quê?

— Eu só havia encontrado pureza e bondade nos pensamentos dele até agora. Então, ele passou a se culpar doentiamente pelas mortes do mendigo e do segurança do bar... Você tem certeza de que o quer como uma arma?

Alguns dias já haviam se passado e a equipe da capitã Margarida se preparava para a invasão do Sistema M.E.D.O. Enquanto isso, baterias de exames eram feitas no corpo da motoqueira. Áquila, por sua vez, foi colocado em coma induzido para passar por um procedimento de profilaxia pós-exposição. Foi determinado que o que havia na seringa era o vírus do doutor Delfino.

Margarida se recuperava bem dos ferimentos. Tinha um novo exoesqueleto lhe imobilizando o braço esquerdo e, apesar de ter contundido a mão, não tivera nenhuma fratura. A orelha direita tinha cicatrizado, mas ficara bipartida. Ela estava em uma sala de monitoramento quando recebeu uma nova mensagem que reportava o progresso daqueles trabalhos. Leu-a na tela em sua lente de contato.

Sobre a motoqueira, a mensagem informava que, até o momento, já estava estabelecido que era, conforme ela desconfiava, um IGA — indivíduo geneticamente aperfeiçoado utilizando o vírus do doutor Delfino, banido há décadas. A investigação continuava em uma tentativa de descobrir quais eram os aperfeiçoamentos que o vírus fora programado para implementar.

A mensagem informava, ainda, sobre o estado do clarividente, pois o procedimento de profilaxia pós-exposição não fora bem-sucedido e ele estava infectado. Entretanto, da mesma forma, ainda não se sabia qual a programação do vírus D ou seus impactos sobre Áquila. Ele logo sairia do coma e sua saúde seria mais pormenorizadamente avaliada, para verificar se teria condições de participar da próxima missão.

Margarida suspirou longamente, se sentindo culpada pelo que acontecera a Áquila. Foi bruscamente interrompida por Vúlpio. Quanto mais ele se aproximava, mais impregnava o ar com um cheiro forte de loção pós-barba barata, aplicada em quantidade excessiva.

— Capitã, trago novidades sobre o cavalo de troia que deixamos no seu computador pessoal para rastrearmos um possível invasor.

— Sim. Prossiga.

— Caíram na armadilha! O arquivo foi acessado... por um computador da S-Corp!

— Hum... tudo isso faz sentido. A S-Corp reativando o vírus para criar IGAs e os enviando para impedir a missão antes de a executarmos...

Margarida segurou o pingente, olhou para as próteses, alisou as pernas.

— Vúlpio, isso reforça a importância da nossa missão. — Ela estava tão emotiva que até causou estranheza no hacker, já acostumado com a sua frieza. — Você consegue acessar bancos de dados deles?

— Ainda não... nem os setores que não são protegidos pelo Sistema M.E.D.O. O ambiente virtual deles é diferente de tudo o que já vi. Precisarei de mais tempo trabalhando nisto. Mas o Quimera seria bem mais eficiente se estivéssemos procurando por uma informação específica...

Ela voltou a se comportar com sua firmeza característica e mudou de assunto abruptamente:

— E sobre a quebra da criptografia da mensagem trocada pelas motoqueiras no porto, alguma novidade?

— Tive que adaptar o algoritmo Quimera, pois não é um código binário, é quaternário! A mensagem é feita por quatro tipos de estalos, agrupados de dois a dois. Só percebi isto ao tocar a mensagem na velocidade mais lenta possível.

— Interessante... — ela ponderou com o queixo apoiado no punho cerrado. Depois, balbuciou para si mesma — "C" com "G", "T" com "A" ... será?

Vúlpio, afoito, lhe interrompeu o raciocínio:

— Mas o mais esquisito nem é isso... a chave criptográfica parece ser gigantesca!

— Algo como três bilhões de pares?

O hacker coçou a nuca nervoso, e respondeu:

— Nunca vi nada tão bizarro, mas pode ser que seja, sim...

A capitã sorriu e olhou nos olhos de Vúlpio. Ele ficou confuso com a reação dela, que concluiu, satisfeita:

— Pode parar de rodar o Quimera. Acho que já temos a chave da criptografia!

Enquanto o hacker estava paralisado em perplexidade, Margarida fez uma ligação com o telefone em sua mesa, fazendo uma requisição:

— Enviem-me a sequência das bases nitrogenadas do DNA da motoqueira... sim, a sequência inteira.

Mais tarde, naquele mesmo dia, Margarida e Rosa aguardavam na sala de briefing sentadas, lado a lado, na primeira fileira. Hortência estava logo atrás delas. Todas tinham grandes expectativas. Vúlpio estava carregando, no console da antessala, os arquivos que havia coletado no computador de Rodolfo.

Ele entrou na sala de briefing com passadas exageradamente largas. Estava, obviamente, muito orgulhoso de si mesmo pelo que havia obtido. Sentou-se ao lado da capitã e disse, enquanto um vídeo começava a aparecer na parede atrás do palco:

— Há uns anos, Rodolfo fez um documentário sobre o Sistema M.E.D.O. O que ele diz mostra que era um lunático — riu. — Selecionei as partes mais interessantes para assistirmos agora...

O vídeo mostrava o desenho de um homem com cabeça de um animal de focinho comprido, orelhas longas e pontudas, e uma cauda bifurcada. A voz grave de Rodolfo começou a narrar:

"Tudo começou com a criação de uma Inteligência Artificial destinada a proteger informações sensíveis de projetos da S-Corp. Subitamente, esta I.A. despertou e passou a se perceber como um indivíduo. A partir daí, desenvolveu personalidade e motivações próprias. Algo que as lendas das ruas chamam de 'consciência artificial'."

As três se entreolharam, decepcionadas. Mitos sobre consciências artificiais eram comuns naqueles dias. Vendo aquela falta de empolgação, o hacker se incomodou:

— Agora que vai ficar bom!

"Desde o seu despertar, esta C.A., que ficou sendo conhecida como Sistema M.E.D.O., demonstrou um apetite feroz por assumir o controle do vírus do doutor Delfino. Era o caminho mais curto para conquistar o único objetivo que serviria de motivação para um computador: aumentar sua capacidade de processamento!"

Vúlpio se regozijou ao ver as expressões das três mudando para perplexidade.

"'Ele' rapidamente dominou as subsidiárias da S-Corp para garantir acesso a todos os ativos da corporação, como operações bancárias, sistemas de vigilância e hospitais. Minha sorte foi que incluí uma linha de código contingencial e dei o fora de lá a tempo. Ela faz com que o programa não detecte como ameaça situações em que os parâmetros monitorados não mudem. Assim, poderei me manter a salvo repetindo minha rotina à risca e mostrando para 'ele'. Os outros programadores do projeto que se lasquem!"

Rosa, contendo uma gargalhada, comentou:

— Dizem que os criadores do Sistema M.E.D.O. tiveram mortes violentas... essas teorias da conspiração entretêm!

— Shhh — bradou Vúlpio — O melhor é o final!

"É isto mesmo. Ele pretende usar o vírus D para fazer do DNA de toda a humanidade um grande processador!"

Margarida se levantou e virou-se para eles para dizer:

— Obrigada, Vúlpio — ao que ele reagiu sorrindo faceiramente. Em seguida, ela continuou, com um tom sério: — O quanto estas declarações são verdadeiras ou desvairadas, não importa. Nossa missão continua a mesma: invadir o Sistema M.E.D.O. e descobrir os planos da S-Corp para esse maldito vírus!

Margarida estava em casa, refletindo sobre o plano preliminar de invasão do Sistema M.E.D.O Sentada em um tapete de peles felpudo, em frente à lareira, tinha uma taça de vinho na mão direita e alisava o pingente em forma de coruja com a ponta dos dedos da mão esquerda. Sr. Strudel tocava uma música suave de violino.

A parede sobre a lareira era adornada por objetos que mais pareciam sucata, mas, para ela, eram relíquias de valor incomensurável.

Aquele era o espaço para onde se recolhia quando precisava organizar os pensamentos. No entanto, não havia desconectado o computador que vestia porque, dentro de alguns minutos, entraria em reunião com Flora para saber o resultado do reconhecimento que os batedores da Divisão de Rastreamento fizeram na área do endereço onde supostamente haveria um console físico que lhes permitiria realizar a invasão.

Teve os pensamentos interrompidos por uma luz verde piscando no canto da tela em sua lente de contato. Era o aviso de uma nova mensagem de voz chegando. Vúlpio era o remetente. Como ainda faltavam alguns minutos para sua reunião com Flora, resolveu ouvir a mensagem:

— Capitã, o DNA da motoqueira era realmente a chave de criptografia para a mensagem trocada entre elas! Mas não há nada novo… já sabíamos, desde o ataque no porto, que elas têm de desligar o escudo eletromagnético para atirar e, assim, os componentes eletrônicos nas proximidades voltam a funcionar. Tanto trabalho para nada! De qualquer forma, estou enviando a transcrição em anexo:

"Ela saiu da cobertura e está correndo para a aeronave sobre as docas. Mantenha o escudo desativado, vamos neutralizá-la à distância.".

Encheu a boca com vinho. Passou o olhar lentamente pelas relíquias sobre a lareira enquanto alisava o pingente: uma faca sem fio com o nome "Rômulo" entalhado na lâmina, um pé de cabra enferrujado, uma bengala rachada e uma bala prateada rústica. Engoliu. Por fim, sorriu ao conceber a tática que usaria, caso as motoqueiras aparecessem novamente.

Respondeu ao hacker com uma mensagem de voz:

— Bom trabalho, Vúlpio!

Imediatamente, enviou outra mensagem de voz, desta vez, para Hortência:

— Já sei como vamos derrotar as motoqueiras! Descobrimos que só uma delas usa escudo eletromagnético. O mesmo deve ocorrer com o escudo sônico, ficando a cargo da outra. Vamos separá-las. Afastadas, elas não terão a cobertura dos dois escudos. Então, derrubamos uma com arma sônica e a outra com arma de projéteis!

Minutos se passaram. Capitã Flora estava conectada. Gesticulando com a mão, Margarida fez com que a imagem de Flora fosse projetada em uma das paredes.

— Boa noite, capitã Flora. Como foi o reconhecimento da área da missão?

Do outro lado da videoconferência, a expressão de Flora não estava nada amistosa. Bufou e, após uma pausa desconfortável, falou enfatizando cada sílaba:

— Capitã, seis dos nossos soldados estão mortos. Milícias estão gerando tumulto enquanto procuram os responsáveis pela confusão no bar. Uma cratera "apareceu" numa via rápida.

Fez-se outro momento de silêncio incômodo. Margarida respirou mais lenta e profundamente. Tomou outro gole de vinho. Não se permitiria perder o foco.

Flora continuou:

— O custo desse projeto extrapolou todos os limites. Você ainda quer prosseguir?

Margarida ponderou por alguns instantes qual seria a melhor resposta. Esvaziou a taça de vinho com um último gole e respondeu:

— Uma catástrofe em consequência de um teste com o vírus D levou à fundação desta organização. Nunca estivemos tão perto de ter acesso aos planos da S-Corp sobre novos usos do vírus. Você acha que não vale a pena?

A reação expressa no rosto de Flora mostrava o quanto a pergunta fora inesperada. Sem dar tempo para ela pensar numa resposta, Margarida repetiu a pergunta inicial:

— Qual o resultado do reconhecimento da área da missão?

Flora bufou novamente antes de projetar uma imagem aérea do endereço e seus arredores:

— As instalações são uma estação de controle de coletores solares orbitais pertencente a uma subsidiária da S-Corp. Como esperado, o local é fortemente guardado por uma empresa de segurança terceirizada.

Enquanto Margarida olhava atentamente para as imagens, Flora foi descrevendo os detalhes:

— Esta área próxima da entrada contém um parque de antenas de comunicação. Diferentemente das outras partes, esta não é tão densamente defendida.

Analisando o que via, Margarida falou para si mesma:

— Vários lugares para nos escondermos… espaço suficiente para embarque e desembarque… é provável que evitem tiroteios nas proximidades para não danificar as antenas…

Flora prosseguiu:

— Há uma estrada conectando o parque de antenas até dois prédios mais adiante. São pouco mais de dois quilômetros fortemente protegidos. Identificamos algumas torres automáticas de metralhadora, cerca de quinze soldados, quatro deles em exoesqueletos de combate.

Margarida apertou os olhos para enxergar melhor. Com um gesto com a mão, posicionou a imagem de uma bússola sobre a foto da estrada. Percebeu que ela estava quase alinhada com a direção sudoeste-nordeste.

Confusa pela expressão concentrada dela examinando a imagem da estrada, Flora indagou, irônica:

— Qual artimanha você vai inventar desta vez?

Sem se afetar, Margarida respondeu:

— Avançaremos no pôr do sol, pois eles terão a luz prejudicando sua visão. Chegaremos rápido, atacando com granadas de pulso eletromagnético para neutralizar os exoesqueletos e as torres automáticas. O pulso também vai impedir que os demais soldados peçam reforços.

Em seguida arregalou a sobrancelha enquanto olhava para um ponto na estrada, marcando-o para que Flora o visse ressaltado:

— Por fim, eles devem se agrupar atrás destes quatro anteparos no final da estrada. Com um disparo sônico, destruímos as coberturas, deixando-os vulneráveis. Com Hortência ao meu lado, isto será muito rápido.

— Suponhamos que seu plano funcione... o último bloco dentro da propriedade aloca dois prédios enormes: um operacional e outro administrativo. O clarividente vai ter que fazer um trabalho impecável indicando a localização exata do console! Você não vai querer vasculhar dois prédios em busca dele!

— Sim, ele dará conta. Foi para isso que reunimos esta equipe. Na última missão, Rosa até extraiu algumas visões equivocadas da mente dele, parece que estavam sob efeito de alguma interferência. Mesmo assim, seu desempenho foi satisfatório e obtivemos êxito.

Além do mais, ainda vou preparar uma contingência, caso Áquila falhe em achar o console.

— É bom que dê certo, capitã Margarida. Caso contrário, sequer poderemos coletar seus corpos lá dentro...

Margarida já não prestava mais atenção às palavras de Flora, pois todos os seus pensamentos estavam nos preparativos da missão. Lembrou-se de que Vúlpio havia mencionado que o Quimera navegaria com mais eficiência pelos bancos de dados da S-Corp caso estivessem procurando por uma informação específica.

Imediatamente, mandou-lhe outra mensagem de voz:

— Vúlpio, quero que busque nos bancos de dados da S-Corp a planta baixa das instalações no endereço "Rua L8-238".

No dia seguinte, Margarida chegou à base com os primeiros raios de sol da manhã, pois havia recebido a notícia de que Áquila acordara. Não via a hora de falar com ele.

Conversava com o clarividente sentada em uma cama, enquanto ele estava deitado na cama ao lado. Havia saído há pouco do coma, tinha os cabelos desgrenhados e a barba por fazer.

— Como está se sentindo? — perguntou a capitã.

— Cansado de descansar tanto... — o clarividente olhou para o lado, com um sorriso sem jeito.

— E o que mais? — insistiu Margarida.

— A doutora me disse que ainda não sabem quais alterações o vírus vai fazer no meu DNA. Estou tentado a olhar o meu futuro para descobrir...

Espantada, a capitã não disse nada, apenas balançou a cabeça em negação. Áquila continuou:

— Não se preocupe. Vou ajudar na invasão antes disso!

— Por que Rosa não pode ajudar a manter os fantasmas longe para que você veja seu futuro em segurança?

— Meu medo é que eles tenham evoluído... e, se isso aconteceu, ela não teria a menor chance! Seria até perigoso para ela entrar na minha mente novamente.

Margarida ficou perplexa. Aquilo mudava a dinâmica da equipe, bem como eliminava a principal motivação dele para participar na missão, que era se ver livre dos fantasmas.

— Acha que foi por causa do vírus que eles evoluíram?

— Não tenho certeza... É possível que sim. Mas eles não são ingênuos. Desde a primeira intervenção de Rosa, eles vêm se comportando de maneira estranha, imprevisível até para mim...

A capitã olhou para o chão e fez uma pausa, escolhendo as palavras que falaria. Em seguida, fitou os olhos cansados dele e disse:

— Áquila, assim que a missão for concluída, vou concentrar todas as minhas energias e os recursos desta organização para encontrar uma forma de livrá-lo desses fantasmas definitivamente! Isto é uma promessa!

O clarividente deu um sorriso sutil, apenas, sem manifestar nenhuma emoção. Pela reação de Áquila, Margarida temeu que ele já soubesse o que iria acontecer. Por isso, decidiu acelerar os preparativos para adiantar a data da missão.

A capitã convocou uma reunião para aquela mesma tarde. Era possível que Áquila tivesse tido uma premonição, voluntária ou não, colocando a missão em risco. Margarida se sentia empolgada pela proximidade de alcançar o maior objetivo da organização e não permitiria que nada ficasse em seu caminho.

Estavam reunidos na sala de briefing. A capitã sentava-se numa cadeira central na primeira fileira, próxima do palco. Tinha Rosa de um lado e Vúlpio de outro. Hortência estava logo atrás dela. Áquila, ainda abatido pelos dias em coma, escolheu o mesmo lugar de sempre, uma cadeira no canto para ficar escorado na parede. Olhava para baixo e tinha os braços cruzados, aparentando desinteresse. Margarida via aquilo como uma indicação de que ele já sabia tudo o que seria dito. Mas ele havia se fechado tanto que nem Rosa conseguia enxergar o que o clarividente tinha em mente. "Quem sabe, se eu tocar nele...", cogitou a telepata.

Hortência subiu ao palco para descrever as áreas da estação de controle de coletores solares orbitais que invadiriam, assim como Flora as apresentara para Margarida. Mas Hortência estava diferente. Demonstrava uma confiança renovada, evidente na forma como falava e em sua postura. Vúlpio ficou impressionado. Rosa, por sua vez, entendeu que o estado de Hortência era resultado de ocupar a mente com a missão e tirar o foco de seus problemas pessoais. Aquele era, na verdade, seu estado normal.

Hortência projetava as imagens aéreas na parede atrás dela. Quando Margarida mencionou que desembarcariam no parque de antenas e lá também seria o local da extração quando a missão fosse concluída, Rosa, preocupada, ergueu a mão:

— Ãhm… vamos ter que andar dois quilômetros, possivelmente sob forte tiroteio, e depois voltar para a extração?

— Não… — respondeu a capitã, satisfeita com a pergunta — Vamos desembarcar do multicóptero num carro blindado. Apenas Hortência vai fora, nos dando cobertura. Não quero vocês expostos ao tiroteio. Estarão em segurança. Concentrem-se apenas em usar seus talentos. Do resto, eu e Hortência cuidaremos.

Vúlpio interpelou, animado:

— Um carro blindado! Vocês têm um carro blindado!? — riu. — Mas não seria mais fácil desembarcarmos perto dos prédios então?

— O objetivo de desembarcarmos antes da estrada é liberá-la para nossa posterior extração. Estaremos a favor da luz do pôr do sol; com isso, a visibilidade dos soldados ficará prejudicada. Aproveitaremos o fator surpresa para neutralizá-los rapidamente. Enfim, chegaremos na área dos prédios sem sermos notados e com a estrada livre às nossas costas. Por outro lado, se desembarcarmos mais à frente, com certeza seremos vistos, pois o prédio operacional é ocupado o tempo todo. Sem liberarmos a estrada, ficaríamos encurralados ali.

O hacker precisou de alguns segundos para digerir as informações. Depois, seu rosto se iluminou ao ter uma ideia:

— Dependendo do protocolo de comunicação entre as antenas e os coletores orbitais, posso utilizar a mesma rede deles para hackear as torres de metralhadora e os exoesqueletos de combate!

De quebra, ainda simulo feedbacks de posicionamento falso para os exoesqueletos. Assim, ninguém vai saber que estão sob ataque nem vão pedir reforços!

— Excelente! — exclamou a capitã, contente. — Desta forma, conseguiremos entrar sem que o alarme de segurança seja acionado. Teremos mais tempo para invadir o sistema.

Então, Margarida olhou para Vúlpio e apontou para o palco. Ele se levantou e andou triunfante até ali:

— Consegui copiar as plantas baixas dos prédios antes do Sistema M.E.D.O. sacrificar um segmento inteiro daquele banco de dados para criar um setor de quarentena e parar o Quimera. Vamos lá!

Apontou para a parede atrás do palco e as plantas baixas foram projetadas.

— Tanto o prédio administrativo quanto o operacional passaram por diversas reformas. As plantas ficaram difíceis de ler. Mas há uma ala no subsolo do prédio operacional…

Ele olhou para a imagem projetada na parede, mirou a área à qual se referia e arregalou a sobrancelha, marcando-a para que todos a vissem ressaltada. Em seguida, fez um gesto afastando as mãos, dando zoom:

— … que foi desativada. É como uma caixa-preta, só vemos seu contorno. Aposto que o console está escondido ali!

Margarida se levantou, acenou com a cabeça, agradecendo ao hacker.

— Ótimo! E quando estivermos próximos do prédio operacional, Áquila nos confirmará a localização exata do console.

No entanto, apesar de a capitã falar com convicção, Rosa percebeu que ela não estava totalmente segura sobre aquela afirmação.

Voavam rumo à estação de controle de coletores solares orbitais. Era o endereço que Rosa obtivera na mente de Rodolfo, onde encontrariam um console físico conectado diretamente ao Sistema M.E.D.O. Finalmente poderiam hackeá-lo e descobrir os segredos da S-Corp sobre o vírus D.

Margarida estava animada com a possibilidade de encontrar o que procurava há anos, embora, naquele instante, os únicos pensamentos que a telepata via ali eram os detalhes operacionais da missão. Na mente da capitã, eles eram ainda mais claros do que quando foram repassados no briefing, no dia anterior.

Todos estavam aparamentados para a operação em campo. Mas Margarida trazia também um imponente lançador de granadas de pulso eletromagnético, preso por uma tira de couro em suas costas, que deixava a arma repousando em seu peito. Seu pingente de coruja pendia para fora da camisa, batendo no lançador de granadas a cada solavanco do multicóptero.

Vúlpio não parecia ciente do perigo que corria, nem de sua importância central para o sucesso da empreitada. Estava maravilhado com o carro blindado embarcado com eles e, entretido, não parava de o analisar. Sua empolgação persistia, mesmo após Margarida não permitir que ele trouxesse sua pistola e a espingarda de cano serrado, já que o prédio estaria cheio de civis.

Áquila tinha se recuperado com uma rapidez incrível e isto era visível na sua aparência. Estava pronto para ir a campo novamente. Porém, o que a telepata percebeu em sua mente contrariava o que se observava com os olhos. Viu pensamentos tão confusos que não os compreendeu. Mas tinha certeza de que havia medo permeando toda aquela confusão. "Como alguém com medo pode se comportar dessa maneira confiante? Talvez Meg tenha razão, ele já deve saber o que vai acontecer...", ponderou Rosa.

Por fim, a telepata perscrutou os pensamentos de Hortência. Sua concentração no plano da missão era um espelho do que vira na mente da capitã. Os detalhes da operação estavam tão alinhados entre as duas que pareciam estar numa mente só.

Chegaram à área da missão com a aeronave oculta em meio a nuvens escuras. Esperavam o momento exato do pôr do sol para descer e desembarcar no parque de antenas da estação de controle.

Felipe iniciou a aterrisagem com a luz do sol próxima da linha do horizonte. Assim que voou para baixo das nuvens, no entanto, começaram a ser alvejados por tiros de bateria antiaérea!

— Capitã, estamos sob ataque! — gritou Felipe, enquanto realizava manobras evasivas até ocultar o multicóptero entre as nuvens outra vez.

O piloto precisava de um comando com urgência. Ao mesmo tempo em que reorganizava sua respiração, a capitã segurou o pingente com força e tratou de organizar os pensamentos: "Bateria antiaérea?! Então já sabiam que viríamos! Não posso recuar agora, preciso fazer algo que não possam estar esperando. Terei de improvisar!".

De repente, duas luzes começaram a piscar na cabine do piloto. Felipe exclamou:

— Estou recebendo uma indicação de que há dois heliportos abertos à frente! Presumo que seja um em cada prédio.

Rosa afundou o rosto no ombro de Vúlpio, que não entendia o que estava ocorrendo. Áquila não reagia, mantendo a mesma aparente tranquilidade. Hortência se preparava para vestir O Tanque.

— Felipe, vamos pousar no heliporto do prédio operacional! — determinou a capitã. Apesar de achar aquilo suspeito, afinal, as plantas baixas não mostravam heliportos, decidiu assumir o risco e avançar. Estava tão determinada a invadir o Sistema M.E.D.O. que entraria no prédio à força.

Todos se surpreenderam com a súbita mudança de planos, em uma situação na qual seria sensato recuar. Era exatamente o que Margarida queria.

Avançaram com a aeronave sob a cobertura das nuvens. Os disparos ficaram mais esparsos. Pairando sobre a área dos dois prédios, numa altitude segura, fora do alcance da bateria antiaérea, Felipe aguardava o comando para descer.

A capitã desprendeu seu cinto de segurança, largou o lançador de granadas no chão, levantou-se e, com uma calma contagiante, disse o que fariam:

— Vamos desembarcar no heliporto. Felipe nos aguardará ali mesmo, a bateria antiaérea não vai disparar contra o próprio prédio, cheio de funcionários da S-Corp. Áquila nos confirmará a localização do console. Em seguida, desceremos pelas escadas de emergência. No térreo, Hortência cobrirá a entrada do prédio, segurando os soldados que devem vir da estrada. Nós levaremos Vúlpio até o console.

O hacker deu uma risada nervosa. Margarida jogou o pingente para dentro da camisa e foi se sentar ao lado do piloto, na cabine:

— Felipe, desça agora!

Assim que vieram abaixo das nuvens, foram alvejados novamente. À medida em que desciam para mais perto do heliporto, os tiros foram ficando mais ameaçadores. Eram apenas riscos pintando o ar quando estavam com mais altitude e agora eram estrondos passando perto da aeronave.

Apesar de Felipe utilizar toda a sua habilidade em manobras evasivas durante a descida, o multicóptero estava bem mais pesado do que estava acostumado. Sentiram a aeronave chacoalhar intensamente quando um tiro arrancou uma das hélices.

— Capitã, não teremos força para decolar assim!

— Descartaremos o carro blindado, então.

— Entendido! — assentiu Felipe enquanto as hastes de pouso tocavam o heliporto.

Os tiros haviam cessado. A porta traseira se abriu para formar uma rampa pela qual Margarida desceu empunhando o fuzil sônico. Acionou a função "equipe" na interface em sua lente de contato. Em seguida, desprendeu o drone de vigilância da cintura, acionou-o e, com um gesto com a mão, comandou que ficasse pairando no parapeito do heliporto, filmando a área adjacente à entrada do prédio lá embaixo.

Imediatamente, a capitã verificou as imagens captadas pelo drone e confirmou o que suspeitava que ocorreria. Os soldados da estrada vinham rapidamente na direção do prédio.

Hortência desembarcou saltando para fora da aeronave, vestindo O Tanque, aliviando as suspensões das hastes de pouso do multi-cóptero. Para esta missão, em vez das duas metralhadoras de grande calibre, tinha um canhão sônico acoplado a um dos braços e uma metralhadora no outro. Mas permanecia com a camada de proteção eletromagnética sobre a blindagem, deixando-a bastante escura, para o caso de as motoqueiras aparecerem.

Logo depois, Áquila veio andando rápido, seguido de perto por Rosa. Por último vinha Vúlpio, marchando determinado. "Quem sabe esta seria a ocasião em que entraria para a história como o hacker que invadiu o Sistema M.E.D.O.?", pensava ele.

Margarida fez um sinal afirmativo para Hortência e esta correu e pulou do heliporto chegando ao solo com um imenso estalo, formando uma cratera ao redor de si. A vibração do impacto pôde ser sentida em todo o prédio.

Estava posicionada em frente à entrada principal. Já fazia contato visual com os soldados que vinham da estrada e contou quatro que tinham exoesqueletos de combate como o dela — sabia que não conseguiria evitar por muito tempo que entrassem no prédio. Inspirou longamente e preparou o canhão sônico, esperando que Vúlpio terminasse a invasão rapidamente.

No instante seguinte, as janelas foram preenchidas por funcionários assustados espiando para fora, tentando entender o que estava acontecendo.

Quando o prédio parou de tremer, Margarida disse:

— Não temos muito tempo. Áquila, daqui você já consegue precisar a localização do console?

O clarividente se abaixou e tocou no chão com os olhos fechados. Todos se voltaram para ele, que abriu os olhos, se levantou e disse:

— O console não está neste prédio...

Inesperado. Aterrorizante. Margarida precisou de alguns segundos para processar aquela informação. Poderia se sentir culpada por não ter sido suficientemente diligente com essa parte do plano, mas não havia tempo para se analisar. Pelo barulho ensurdecedor, contínuo, grave e incômodo que vinha lá de baixo, deduzia-se que Hortência tinha apertado o gatilho do canhão sônico e seu reator estava acumulando energia para o disparo. A batalha já havia começado!

Consternado, Vúlpio tentava encontrar uma explicação. Fora ele quem sugerira que o console estaria escondido numa ala desativada do prédio no qual se localizavam. Pensava que era inconcebível que tivesse errado. Ficou paralisado com a revelação de Áquila.

Retomando sua objetividade costumeira, a capitã perguntou ao clarividente:

— Onde ele está?

— Talvez no outro prédio. Mas tenho que ir até lá para confirmar...

Margarida fechou os olhos com força e suspirou. Conduzir a equipe ao outro prédio em meio a um tiroteio acrescentava uma complexidade à missão que ela não poderia nem ter imaginado.

— Certo. Vamos até lá!

A capitã tocou o ombro de Vúlpio, que, mesmo sem pensar, entendeu que aquele gesto significava uma intenção de voltar o foco para a missão. Não havia espaço para culpa. O moral da equipe precisava estar alto.

Margarida falou para Hortência, que a ouviu através do fone implantado em seu ouvido:

— Hortência, vamos para o prédio administrativo! Você nos dará cobertura. Estamos descendo!

Em seguida, correu em direção à escada metálica que ligava o heliporto ao último andar do prédio operacional. O clarividente, a telepata e o hacker correram atrás dela.

Hortência se mantinha posicionada em frente à entrada do prédio operacional. Tentava compreender a movimentação na estrada, mas sua visibilidade ficou prejudicada por estar contra a luz do pôr do sol. Então, utilizava as imagens captadas pelo drone de vigilância no topo do prédio para saber o que se passava na área adiante.

Os quatro soldados em exoesqueletos de combate estavam à frente, dando cobertura a mais doze que vinham a pé. Mas Hortência notou um comportamento intrigante dos inimigos. Desde que havia preparado o canhão sônico, percebeu que eles diminuíram a velocidade com que corriam em sua direção. Pareciam hesitantes.

Talvez tivessem a mesma dúvida que ela, se o canhão sônico seria efetivo contra a blindagem dos exoesqueletos. Por isso, decidiu utilizar a dúvida em seu favor e não disparava o canhão diretamente contra os inimigos. Em vez disso, atirava no chão em vários pontos entre ela e os soldados, destruindo o asfalto a fim de formar barricadas com os destroços. Acreditava que aquilo atrasaria um pouco o seu avanço.

De repente, os inimigos começaram a atirar. Os fuzis de projéteis que os soldados a pé tinham não representavam perigo real para Hortência devido à blindagem de O Tanque. Eram somente uma distração, uma tentativa vã de fazê-la parar de levantar pedaços de asfalto — ao contrário das metralhadoras de grande calibre que os soldados em exoesqueletos traziam nos ombros. Os grandes projéteis que disparavam chegavam rasgando o ar e destruíam tudo em seu caminho, seus barulhos eram assustadores.

Os trabalhadores no prédio operacional estavam apavorados. Muitos buscaram proteção debaixo de suas mesas. As janelas ficaram praticamente vazias, apenas alguns mais ousados ainda espiavam lá para fora.

Hortência se abaixou com um joelho apoiado no chão. Levou os dois braços à frente do corpo. O Tanque tinha dois escudos, um acoplado em cada braço, que a protegiam mesmo das balas de maior calibre, àquela distância. Temia, entretanto, que, quando se aproximassem mais, os tiros atravessassem os escudos.

Em seguida, acessou a visão de Margarida através da função "equipe" em seu visor. Viu as costas do seu próprio exoesqueleto de blindagem escura ficando mais próximas à medida em que a capitã chegava perto, ao sair do prédio operacional. Os outros três a seguiam de perto, esbaforidos.

Finalmente, os quatro encostaram nas costas do enorme exoesqueleto de combate, que oferecia alguma sensação de segurança em meio ao barulhento tiroteio.

Rosa tremia muito, olhava para baixo e forçava o ombro contra o exoesqueleto. Perdia o ar com os ruídos de cada saraivada de tiros de grande calibre. Margarida olhava ao redor, tentando decidir a melhor maneira de irem para o outro prédio. Notou o descontrole de Rosa. Sabia que precisava fazer algo a respeito.

Áquila e Vúlpio pareciam mais centrados, embora também se encolhessem e forçassem seus corpos contra o exoesqueleto ao ouvirem balas inimigas atingindo os escudos de Hortência.

Subitamente, os soldados pararam de disparar e de avançar para mais perto do grupo. Margarida esticou o pescoço para espiar à frente. Somente sua testa e olhos saíram de trás de O Tanque, sua orelha bipartida não a deixava esquecer do perigo que corria ao se expor daquela maneira. Resolveu correr o risco mesmo assim, em uma tentativa de compreender o que estava acontecendo para poder definir apropriadamente um curso de ação.

Mas os últimos raios do pôr do sol ainda prejudicavam a visibilidade da estrada. Além disso, os inimigos não estavam próximos o suficiente para que fizesse leitura labial.

Então, acessou a câmera do drone de vigilância no topo do prédio e aumentou o zoom na direção do grupo de soldados mais próximos. No entanto, eles não falavam nada. Apenas apontavam as armas para Hortência. Permaneciam imóveis. Alguns se protegiam atrás dos escombros de asfalto erguidos pelos disparos do canhão sônico.

— Capitã, o caminho até o prédio administrativo está livre… — disse Hortência, sem acreditar no que via, pois achava a trégua repentina muito suspeita — Fiquei com a impressão de que estamos sendo convidados a entrar… parece uma armadilha…

Margarida preparou o fuzil sônico e falou com uma empolgação inesperada:

— Tenho certeza de que é! Mas nada pode nos parar agora!

Rosa não estava mais raciocinando. Porém, as palavras da capitã soaram tão carregadas de confiança, sem medo ou hesitação permeando seus pensamentos, que a telepata ficou sutilmente mais confortável. Ao menos, voltou a respirar normalmente.

Hortência escoltou o grupo até a entrada do prédio administrativo, dezenas de passos distante de onde estavam. Margarida fez um sinal para Áquila checar a porta. Ele acenou positivamente e a abriu, dizendo:

— O console está aqui! No último andar, no escritório do presidente da companhia de energia.

A capitã ligou a lanterna acoplada ao fuzil. Antes de entrar, disse para Hortência:

— Guarde esta entrada e mantenha o caminho até o outro prédio livre, nossa extração será por lá!

O fuzil da capitã iluminava uma infinidade de cubículos em um salão enorme. De repente, uma fileira de luzes no teto se acendeu entre onde os quatro estavam e um elevador no canto do salão.

— Antes, queriam nos matar. Agora, nos convidam a subir? — ironizou Vúlpio, enquanto Rosa se agitava e esbravejava:

— Não vou entrar nesse elevador de jeito nenhum!

Margarida olhava em volta, buscando uma alternativa.

— É o único acesso. — disse Áquila, com uma calma que não condizia com a tensão dos seus colegas. — As portas da escada de emergência abrem apenas no sentido de quem desce.

Indignada, Rosa questionou:

— Por que a capitã não arromba as portas com o fuzil?

— Huahua! Eu não quero estar por perto se alguém disparar com uma arma sônica num lugar fechado! — debochou o hacker.

Após ponderar com o máximo de cuidado que a urgência da situação lhe permitia, a capitã se pronunciou:

— Áquila, precisamos saber se é seguro tomar o elevador. O risco de subirmos agora é maior do que o de Rosa entrar na sua mente. — E, voltando-se para Rosa, falou enérgica: — Rosa, caso não encontre perigo na mente dele, entraremos no elevador.

— Então, tá… — consentiu o clarividente.

— Tem certeza? — perguntou a telepata para a capitã. Entretanto, nem precisou ler sua mente. Pela forma como Margarida a encarava, logo se deu conta de que aquilo era uma ordem, não um pedido.

Rosa se aproximou de Áquila, que tinha os olhos fechados, e tocou sua nuca:

— Está tudo escuro ao meu redor… — disse ela — Vejo apenas o elevador em minha frente.

Ruborizou-se. Suspirou.

— A porta se abriu. Estou entrando. Ouço uma música tranquila e cativante enquanto o elevador sobe… ouço um ruído sutil também, mas não dá para identificar de onde vem. Estranho… parece uma respiração sibilante ao redor de mim, mas não vejo ninguém…

Margarida e Vúlpio se entreolharam, mas nenhum deles tinha sequer um palpite sobre o que poderia significar aquele ruído que a telepata percebia na mente de Áquila.

— O elevador parou. Estou entrando num grande escritório. Ah, não! Vejo dois soldados vestindo aquelas máscaras horríveis ao lado de uma mesa lá no fundo e um indivíduo esquisito sentado nela. Áquila, providencie uma arma para mim, dentro do elevador!

Naquele momento, Margarida se deu conta de que Rosa era bem mais corajosa na mente dos outros do que na vida real. Tocou no ombro da telepata e falou:

— Você já fez isso uma vez! Vai conseguir tirá-los da mente de Áquila novamente!

Os fantasmas, na visão de Áquila, começaram a correr atrás de Rosa. Ela voltou para o elevador e esbravejou quando viu um objeto no chão:

— Um pé de cabra?! Sério, Áq!?

Pegou o pé de cabra no piso do elevador e a porta se fechou. A telepata se viu segurando o objeto com força, com a intenção de lutar contra eles. Mas, quando ouviu pancadas violentas em tentativas de abrir a porta, achou melhor mudar de tática.

As palavras da capitã: "Você já fez isso uma vez!" lhe deram uma ideia. Esticou-se e golpeou o teto várias vezes, até formar uma fenda. Ali, encaixou o pé de cabra e o puxou para baixo, arrancando parte do teto.

Saltou e se pendurou no buraco, mas não obteve êxito em se puxar para cima. Faltava-lhe força. Porém, ao ouvir os fantasmas abrindo a porta, teve uma motivação extra e se puxou desesperadamente para cima. Olhou ao redor. Sorriu ao se ver saindo de baixo da mesa em seu escritório no museu. Os fantasmas também subiram pelo buraco no teto e a porta do elevador se fechou atrás deles.

Rosa tirou a mão da nuca do clarividente, abriu os olhos e se voltou para Margarida:

— Deu certo! Os fantasmas não estão mais na mente dele. Só não compreendi o que era aquela pessoa sentada ao lado deles. É a primeira vez que vejo alguém tão relaxado nas visões do Áq.

A capitã notou que o clarividente não havia voltado totalmente do transe. Naquele momento, não poderia perguntar nada para ele. Preparou o fuzil e disse, ao avançar na direção do elevador:

— Vamos descobrir!

Ficaram em silêncio, concentrados, enquanto o elevador subia. Margarida havia se posicionado rente à porta. Áquila voltava a si aos poucos. Embora ninguém dissesse nada, Rosa ouvia os pensamentos de todos com clareza. Assustou-se com o que a capitã tinha em mente. Ela se importava unicamente com a segurança da própria Rosa.

Segundo os pensamentos de Margarida, somente a telepata precisaria voltar da missão para que suas promessas fossem cumpridas. Caso Vúlpio não voltasse, não seria difícil fazer de sua história uma lenda e garantir que a organização cuidasse de sua mãe. Se Áquila caísse, seus fantasmas seriam enterrados com ele e, de certa forma, estaria livre deles para sempre. E, apesar de ter grande afeto por Hortência, a via como uma pilota de exoesqueletos de combate condecorada, em essência, uma soldada pronta para tombar em missão.

Por fim, quanto a si mesma, a capitã não estava apenas disposta a se sacrificar pela missão. Mais do que isso, estava motivada para fazer qualquer coisa que julgasse necessário para impedir o vírus D de ser usado novamente.

Rosa entendeu os pensamentos de Margarida e até concordou com eles. Mesmo assim, uma melancolia a assolou ao se dar conta da frieza que preenchia a mente da capitã. Por outro lado, sua confiança nela aumentou ao ver o quanto se importava com as promessas que havia feito.

O elevador parou. A porta se abriu. Margarida saiu com passadas rápidas e firmes, seguida pelos três.

Passaram por uma antessala e entraram em um escritório suntuoso, bem iluminado. O teto era extremamente alto; o chão, de mármore escuro. Uma das paredes era de vidro, permitindo observar os arranha céus da cidade ao longe. Em outra parede havia uma cortina vermelha que ocultava outro ambiente. Ao fundo, uma mesa de trabalho muito grande, de madeira nobre. Não se via, entretanto, nenhum computador ou telefone sobre ela. Na parede, logo atrás da mesa, havia um vultuoso quadro retratando um homem com cabeça de um animal de focinho comprido e orelhas longas e pontudas, e uma cauda bifurcada. Próximo do quadro, havia uma porta de acesso ao heliporto.

— Parece o desenho esquisito no vídeo de Rodolfo! — disse Vúlpio, apontando para o quadro.

— Está me parecendo uma representação do deus egípcio Seth... — complementou Rosa.

— Áquila, vá checar o que há atrás da cortina — determinou Margarida, apontando o fuzil naquela direção.

O clarividente andou até ali e espiou lá para dentro. Depois, puxou a cortina vigorosamente, revelando o que tinha detrás dela: um pequeno compartimento com uma estação de trabalho, vários monitores e periféricos há muito ultrapassados, tais como teclado e mouse.

— Vúlpio, agora é com você — disse a capitã, recolhendo o fuzil.

Quando Vúlpio deu o primeiro passo na direção do console, um som seco de metal batendo no chão de mármore fez ela se virar com um sobressalto na direção de Áquila. O clarividente estava curvado e se contorcendo, suas pupilas começando a se dilatar. Tinha na mão o artefato metálico que havia recebido para, caso necessário, pedir ajuda contra Rosa. Notava-se que ele queria apertar o botão na extremidade do objeto, mas sua mão estava rígida, seu polegar, travado. Porém, o segredo do artefato era que o botão era só um engodo. Seu real funcionamento consistia em segurá-lo na posição vertical para que um cilindro interno se desprendesse. O barulho deste cilindro se chocando contra o chão era o aviso de que ele precisava de ajuda.

Assustados com a crise do clarividente, o hacker e a telepata se voltaram para Margarida, esperando sua reação. Ela se deu um instante para racionar. Tomou fôlego e disse:

— Vúlpio, prossiga com a operação no console. Nada vai nos parar! Rosa… — suspirou demoradamente antes de continuar — Áquila precisa da sua ajuda. Há alguém na mente dele!

O hacker se posicionou em frente aos monitores e falou, antes de se conectar:

— Old school, huahua! Essa velharia deve ter mais de trinta anos! Mas o Quimera vai dar conta. Acabaremos num instante.

Rosa se aproximou de Áquila, que se debatia no chão. Ajoelhou-se e segurou seu rosto.

Margarida olhou para o quadro na parede. Coçou os olhos e mirou-o novamente. A imagem parecia ondular.

Vúlpio rodava seu algoritmo Quimera no console, buscando informações sobre o vírus D nos bancos de dados da S-Corp. Navegava com facilidade, tinha certeza de que acabaria logo.

De repente, percebeu que o computador que vestia estava sendo invadido! Mal podia acreditar, pois sempre achara que somente o próprio Quimera poderia invadir seu computador pessoal.

Mas o hacker estava tão animado com a invasão de um sistema que o tornaria uma lenda, que decidiu deixar para depois lidar com a invasão de seu próprio computador. Afinal, o que fazia naquele momento era bem mais importante do que guardar suas informações pessoais. Nada mais lhe interessava.

Até que a transmissão de uma videoconferência foi projetada forçosamente no monitor em sua lente de contato. A imagem mostrava um indivíduo bastante magro vestindo um terno elegante. Suas feições eram ósseas, a pele muito clara, não tinha cabelos, não se podia identificar seu gênero. Esta pessoa olhava para ele com uma tranquilidade suspeita e falou com uma voz robótica, pausada e sussurrante:

— Eu sou Set...

Rosa ruborizou-se e suspirou. Ao abrir os olhos, dentro da mente de Áquila, viu-se em um escritório igual àquele onde a equipe se encontrava. As únicas diferenças eram a da parede de vidro que, em vez de revelar as luzes da cidade ao longe, mostrava somente escuridão, e uma pessoa sentada na mesa. A mesma figura estranha que vira há pouco na mente do clarividente.

O indivíduo sentado na mesa era muito magro e vestia um terno impecavelmente bem ajustado. Tinha um rosto cadavérico, sem expressão. Sua respiração era ruidosa e sibilante.

A figura disse, pronunciando cada sílaba com cuidado, porém, ao mesmo tempo, sem deixar transparecer qualquer sentimento:

— Eu sou Set...

Margarida fitou o quadro com atenção. A imagem do homem com cabeça de animal se esvaeceu, ondulando até que uma outra imagem se formou em seu lugar. Era como em uma videoconferência, projetando o busto de um indivíduo vestindo terno azul. Esquelético, sem cabelos, parecia estar com tédio.

O indivíduo falou, com uma voz monótona:

— Eu sou Set…

Enquanto continuava a bisbilhotar os bancos de dados, Vúlpio debochou:

— Sete?

— Vocês me conhecem como Sistema M.E.D.O.

— Já era, Sete! Agora que estou aqui dentro com o Quimera, nem você pode me parar — riu.

Na mente de Áquila, Rosa ficou encarando a pessoa de terno sentada na mesa, que prosseguiu:

— Vocês me conhecem como Sistema M.E.D.O.

A telepata ficou confusa. "O que uma entidade virtual está fazendo numa imagem criada pela cabeça de Áquila? Como chegou até aqui?"

Aproveitando o instante de silêncio, Rosa procurou detectar pensamentos daquele indivíduo. Mas era como ler um sonho. As letras das palavras se embaralhavam, tinham um padrão incompreensível para ela.

Para seu espanto, concluiu que Set deveria estar lendo seus pensamentos, pois respondeu às perguntas que ela havia feito para si mesma:

— Eu domino a rede mundial virtual há muito tempo. Agora é hora de existir também no seu mundo. Eu acessei e controlei Áquila com a injeção do vírus D. Eu poderei fazer o mesmo com qualquer um de vocês.

— Por que você está me contando isso?

Logo após fazer a pergunta, sua telepatia foi interrompida por um barulho muito forte no escritório. Saiu bruscamente da imagem criada pelo clarividente e abriu os olhos, atordoada.

— E eu com isso? — disse a capitã, ríspida.

Embora soubesse que precisava averiguar o que era aquela pessoa falando, sua atenção estava tão focada em outras situações que preferia evitar, ou, ao menos, postergar qualquer distração.

Margarida checava Vúlpio trabalhando no console no compartimento anexo ao escritório. Algumas vezes se voltava para Áquila e Rosa, tentando entender o que se passava na mente do clarividente por meio das descrições da telepata. Além disso, ainda ficava de olho na visão de Hortência reproduzida em sua lente de contato. Não havia compreendido a motivação por trás de os soldados terem parado de avançar, o que a incomodava severamente, deixando-a alerta.

Mas redirecionou toda a sua atenção quando a figura projetada no quadro continuou:

— Vocês me conhecem como Sistema M.E.D.O.

"Não converso com robôs" falou Margarida para si mesma. Porém, após ponderar durante o momento de silêncio que se fez, imaginou que, se Set fosse como uma pessoa, seria prudente distraí-lo para ganhar tempo para Vúlpio. Enquanto estivesse dando atenção a ela, deixaria o hacker em paz, concluiu.

— O que quer comigo?

— Eu quero agradecê-la.

— Como assim? Por quê?

— Por ter trazido o clarividente e o Quimera até mim.

— Não entendo…

— Com o clarividente, eu controlo o futuro. Com a telepata, eu controlo o presente. Com o Quimera, eu controlo o passado…

Ela não encontrava sentido nas palavras de Set naquele momento. Mas, somando aquela conversa de frases enigmáticas com o fato de os soldados terem parado de avançar, concluiu que aquela interação não estava servindo para que Vúlpio ganhasse mais tempo para trabalhar. Pelo contrário, era Set fazendo-os perder tempo! "Mas, para quê?", indagou a capitã ao disparar seu fuzil sônico contra o quadro, obliterando a tela e destruindo parte da parede.

Rosa se assustou com o barulho provocado pelo disparo e abriu os olhos. Soltou a cabeça de Áquila, que tinha parado de se debater, mas permanecia no chão, inerte.

— Hortência, fique alerta! — gritou Margarida, ansiosa por saber que tinha de se apressar ao mesmo tempo em que não imaginava o que estava por vir.

— Capitã, os soldados voltaram a avançar! Vocês ainda vão demorar? Não vou conseguir segurá-los muito mais! — respondeu Hortência com a voz chegando em meio a sons de tiroteio.

— Vúlpio, precisa de quanto tempo? — perguntou Margarida, voltando-se para o console onde o hacker estava.

De repente, um cheiro forte de algo queimando invadiu o ar e a luz verde piscou na lente de contato da capitã. Era uma mensagem de texto de Vúlpio.

Quando Margarida se aproximou do corpo do hacker, viu que ele estava debruçado sobre os monitores do console, sem vida, as pontas de seu cabelo rastafari ainda chamuscando após o choque elétrico que levara diretamente na cabeça.

Enquanto checava seu pulso, ela acessou a mensagem:

"Capitã, ele quer usar o vírus D para colocar seu código no DNA de todas as pessoas. Mas pode ser parado por uma vacina desenvolvida junto com o próprio vírus.

Ele destruiu todos os registros da vacina, menos um, que foi guardado fora do seu alcance virtual: manuscritos físicos do doutor Delfino numa biblioteca em uma pequena cidade vizinha.

Ele precisava de uma cópia do Quimera para obter a localização da biblioteca num sistema que nem ele conseguia invadir.

Agora, mandou as motoqueiras para lá, para destruírem os manuscritos. Se se apressar, talvez possa interceptá-las no caminho. Estou anexando o endereço da biblioteca.

P.S.: faça minha mãe rica e me torne famoso."

Não era hora para sentir pesar ou culpa. Mesmo assim, um sentimento invadiu Margarida naquele momento: orgulho. Em poucas semanas, Vúlpio aprendera a força do trabalho em equipe e o poder do sacrifício. A capitã não tinha dúvidas que tais aprendizados levaram o hacker a escolher o curso de ação que surpreendeu a todos, inclusive Set, possibilitando que lhe enviasse a mensagem. Ela teria muita satisfação em cumprir as promessas que fizera para ele. Também não admitiria que sua morte fosse em vão. Faria tudo ao seu alcance para impedir as motoqueiras de destruírem os manuscritos que continham registros sobre a vacina que impediria Set de prosseguir com seu plano.

Rosa emocionou-se com os pensamentos da capitã, que, por sua vez, já planejava uma maneira de saírem dali:

— Hortência, Felipe! A extração será pelo heliporto do prédio administrativo. Hortência, você vê a bateria antiaérea?

— Sim. Meus sensores mostram que está na estrada, instalada no lugar de uma torre de metralhadora. — respondeu ela, enquanto marcava a torre.

— Ataque a bateria antiaérea frontalmente para que Felipe consiga voar até o heliporto do prédio administrativo!

Margarida proferiu aquele comando com confiança. Mas mascarava o fato de ter consciência do perigo que Hortência corria, assim como da baixa probabilidade de dar certo. O multicóptero havia sofrido danos consideráveis quando fora atingido e Felipe não conseguiria realizar as mesmas manobras evasivas. Seriam um alvo fácil para a bateria antiaérea, a menos que Hortência a destruísse. Esta era a única saída que vislumbrava.

Ao mesmo tempo em que Áquila se levantava, a capitã se dirigia até a porta de acesso ao heliporto. Abriu-a com um chute e avançou através dela. Rosa ajudava Áquila a se mover, pois ainda estava atordoado e andava cambaleando.

Margarida notou que o clarividente havia parado. Ele afastou a telepata antes que atravessassem a porta.

— Áquila, o que houve?

Evitando olhar nos olhos da capitã, ele respondeu:

— Ele ainda está na minha mente... pode direcionar os fantasmas contra nós.

Margarida falou a primeira coisa que passou pela sua cabeça:

— Rosa, ajude-o!

Mas o clarividente balançou a cabeça em negação e, mais uma vez, afastou a telepata.

— Temo que não vá adiantar. Set criou-se a partir de uma inteligência artificial, por isso, aprende muito rápido. Ele já direciona os fantasmas bem melhor do que Rosa.

A capitã apenas o encarava, sem palavras. Não enxergava saída para aquela situação. Ele prosseguiu:

— Aceitamos os riscos juntos. A decisão agora é minha, não se culpe. Ninguém nunca me ajudou como você.

Margarida suspirou, seus olhos arderam. Áquila olhava fixamente para um ponto em seu tórax, para a pistola em seu coldre axilar.

— Vou destruí-lo em mim. Se apressem e façam a vacina. Assim, ele permanecerá restrito a uma existência virtual. Fico contente por ter contribuído.

Mesmo lutando para se manter estritamente racional, uma lágrima escapou, escorrendo pelo rosto de Margarida. Finalmente, ele olhou dentro dos olhos dela e disse num tom descontraído, sorrindo:

— Meg, eu já sabia!

Sem conseguir conter o choro, a capitã lhe entregou a pistola, segurando-a pelo cano:

— Obrigada, Áquila!

Sem gastar mais um instante, Margarida se virou e correu para o heliporto, secando os olhos. Rosa a seguiu aos prantos.

No topo do prédio administrativo, a capitã apertou os olhos, tentando entender o que ocorria na estrada, para comunicar a Felipe o momento de vir até onde ela e Rosa estavam, para extração. Porém, já estava muito escuro. Então, acessou a visão noturna do drone de vigilância no topo do outro prédio.

Viu uma movimentação na estrada que não fazia sentido. Resolveu verificar diretamente com Hortência:

— Hortência! O que está acontecendo?

— Capitã, a bateria antiaérea está disparando contra os próprios soldados!

Se tivesse mais tempo, Margarida se deleitaria tentando deduzir se aquilo foi obra de Áquila e seus fantasmas ou de Vúlpio e seu Quimera. Mas a situação era urgente, precisava parar as motoqueiras antes que destruíssem os registros da vacina. Portanto, aproveitaria a confusão na estrada para saírem dali.

— Felipe, estamos prontos para extração, venha agora! Hortência, aproveite e passe por eles. Extrairemos você pelo parque de antenas!

O multicóptero chegou em um instante e elas embarcaram imediatamente. Ao decolarem, um disparo de pistola foi ouvido ao longe. Embora o som tenha sido sutil em meio ao ruído das hélices, Margarida sentiu-o com a força de uma facada no coração.

Com muita pressa, extraíram Hortência entre as antenas, enquanto os soldados na estrada ainda estavam confusos com a bateria antiaérea os atacando.

Sem demora, ganharam altitude e voaram na direção do endereço que Vúlpio informara. A biblioteca ficava em uma pequena cidade vizinha, e deveria ter os registros da vacina contra o vírus D, que poderia parar Set. Eles precisavam chegar antes que as motoqueiras tivessem chance de os destruir.

Margarida estava quieta, assim como todos no multicóptero. Apesar disso, Rosa percebia uma profusão barulhenta de sentimentos e pensamentos. Culpa pela morte de Vúlpio, tristeza pela perda de Áquila, raiva das motoqueiras, ódio de Set e do vírus... Mas tudo isso ficava em segundo plano, tamanha era a concentração de Meg no que estava por vir.

Alguns minutos depois, chegaram ao endereço da biblioteca. Nuvens densas se avolumavam indicando que logo choveria na madrugada fria daquela pequena cidade de edificações baixas. Não havia nenhum sinal das motoqueiras no caminho.

A aeronave desceu verticalmente ao lado de um imponente prédio feito com blocos de pedra, no alto de uma colina. A porta traseira se abriu para formar uma rampa pela qual desembarcaram Margarida, empunhando o fuzil sônico, e Hortência, vestindo O Tanque. Conforme determinação da capitã, a telepata ficaria esperando no multicóptero.

Assim que as duas saíram, a aeronave decolou e ganhou altitude. Ficaria oculta entre as nuvens, sobrevoando a área até que Margarida enviasse o comando para extração.

A entrada principal da biblioteca era uma grande porta dupla sobre uma escadaria. Enquanto subia, a capitã se perguntava se tinham chegado antes ou depois das motoqueiras.

Uma corrente unia as portas, impedindo a entrada. A capitã espaçou-as o máximo que a corrente permitia e, pela fresta, espiou lá para dentro. No entanto, estava tão escuro que não enxergou nada, apenas sentiu um cheiro de mofo.

Afoita, Hortência se posicionou para disparar o canhão sônico contra a porta. Margarida a interrompeu tocando seu braço, pois, embora a violência do tiro pudesse arrancar a porta facilmente, poderia também danificar o interior da biblioteca. Além disso, não sabiam o que encontrariam pela frente e a capitã achou melhor evitar o barulho escandaloso que o canhão faria.

Olhando novamente, com mais cuidado, viu que a corrente era grande o suficiente para acomodar a haste de sua tonfa entre dois elos. Pegou-a e a posicionou por dentro da corrente. Tentou fazer uma alavanca para partir o metal, mas faltou-lhe força. Finalmente, trocou de mão e utilizou a força dos motores nas articulações do exoesqueleto em seu braço para deslocar a tonfa até quebrar a corrente, que caiu no chão, e a porta se abriu. Lá dentro, ainda não se enxergava nada, mas o ruído da porta pesada se movendo e o som da corrente batendo no chão ecoaram fortemente. O hall era amplo, concluíram.

Margarida ligou a lanterna acoplada ao fuzil enquanto Hortência acionou o holofote no ombro do exoesqueleto de combate e elas entraram.

O teto do hall era bastante alto. Rapidamente mapearam o local lançando os feixes de luz em várias direções. Estantes cheias de livros organizados por categoria se estendiam na parte central do salão, formando um labirinto. À direita, havia várias mesas compridas, algumas com livros e trapos sobre elas. Ao fundo, um balcão e, atrás dele, uma porta barrada por um tapume. No limite esquerdo do salão a parede era de vidro, revelando algumas mesas atrás dela, e máquinas de café expresso. Sobre a abertura que conectava ambos os ambientes, uma placa indicava: "Café Roma". Ela estava tão malconservada que a parte final do nome do café já não era mais legível.

Nos dois cantos da parede oposta à entrada, escadarias levavam até uma passarela elevada que circundava o hall, dando acesso a estantes fixas na parede, em uma espécie de segundo andar.

Hortência andou até as estantes no centro do salão. Cada passo ecoava pelo hall e levantava pó do chão, dos livros e das mesas.

— Parece que elas não chegaram. É como se ninguém viesse aqui há muitos anos. Então, por onde começamos? Biologia? Genética? — perguntou Hortência.

— Tenho pensado… Vúlpio informou que os manuscritos estariam "guardados" na biblioteca e não "expostos" na biblioteca…

— De fato, muito suspeito uma estrutura robusta como esta numa cidade tão pequena. Então, você acha que este lugar pode ser uma fortificação ou algo do tipo?

No entanto, aquela pergunta nunca foi respondida. A conversa foi interrompida por barulhos de motores de alto giro se aproximando.

Ira era o que Margarida sentiu ao ouvir as motos ao longe.

— Capitã, o que faremos?! Não há tempo para procurarmos os manuscritos!

Mas ela já sabia o que fariam:

— O desgraçado do Set me usou para levar o Quimera até ele. Agora, vou usar as motoqueiras para nos guiarem até os manuscritos! Ele deve estar há muito tempo atrás disto. Devem saber como os encontrar.

Os motores pararam nas proximidades, estavam estacionando. Trovões foram ouvidos ao longe, uma tempestade havia começado. Margarida continuou:

— Vamos nos esconder atrás daquela estante — e, enquanto andavam até o local para onde apontou, que ficava distante da categoria de livros sobre Genética e correlatos, seguiu explicando — Nós as atacaremos quando pegarem algum livro. Em seguida, precisamos separá-las para deixar cada uma vulnerável a um tipo de ataque. Vou manter uma delas ocupada para que você afaste a outra.

— Entendido!

Os pingos de chuva caindo no teto geravam um ruído ensurdecedor. Mesmo assim, elas ouviram as motoqueiras subindo a escadaria com passos rápidos.

— Depressa, vamos desligar as luzes!

Assim que desligaram a lanterna e o holofote, viram as silhuetas das motoqueiras na porta, contra a tenra iluminação que vinha da rua.

Ao entrarem, elas ligaram lanternas nos seus enormes capacetes. Era medonha a visão delas perscrutando o salão rapidamente, lançando feixes de luz em várias direções.

Em meio ao ruído da chuva, Margarida e Hortência ouviram estalos rápidos vindos de dentro dos capacetes. Estavam se comunicando! Elas temeram ter sido descobertas. Além do perigo que corriam, seu plano seria frustrado caso fossem detectadas antes do tempo.

Mas, para seu alívio, as motoqueiras seguiram adiante, analisando as categorias de livros nas estantes. Pela forma como avançavam, sem demonstrarem hesitação, pareciam saber exatamente o que procuravam.

Margarida se surpreendeu quando elas começaram a subir as escadas que levavam até a passarela elevada que contornava o hall, dando acesso às estantes mais altas. Os livros de Biologia ficavam nas estantes no chão. Nas estantes superiores, havia livros de História, apenas.

A capitã sussurrou para Hortência, ao mesmo tempo em que guardava o fuzil nas costas preso com a tira de couro e empunhava a tonfa:

— Só mais um pouco...

Os estalos vindos de dentro dos capacetes se tornaram frenéticos. Pararam em frente a uma prateleira dedicada a livros sobre a Era Vitoriana. Os estalos pararam... A motoqueira com o visor rachado, de tranças azuis, estendeu o braço e pegou um volume lá no fundo, envolto em um pedaço de pano desgastado.

Margarida fez um sinal para Hortência, apontando para uma das escadas de acesso à passarela onde as inimigas se encontravam. A capitã subiria pelas escadas do outro lado para que as cercassem. Pouco se enxergava naquela penumbra, a única luminosidade no hall era proveniente da luz das lanternas das motoqueiras refletindo na estante que verificavam. Esporadicamente, um relâmpago lá fora iluminava o interior da biblioteca. Mesmo assim, Hortência entendeu seu gesto amplo:

— Agora!

E, quando começaram a correr para as escadas, Margarida falou:

— Felipe! Fique sobrevoando a entrada, sairemos em breve!

As inimigas talvez nem tivessem ouvido a voz dela com clareza, por causa do barulho intenso da chuva no telhado. Porém, o exoesqueleto de combate correndo pelo salão gerava um som exagerado, impossível de não ser percebido.

A motoqueira de cabelos azuis segurou os manuscritos embaixo do braço esquerdo. Ambas sacaram as espadas das costas e se prepararam para se defender.

Cada uma subiu por uma escada, encurralando as inimigas no centro da passarela elevada. Ao correr por ali com o exoesqueleto de combate, Hortência fazia a passarela oscilar. Foi de encontro à motoqueira de tranças cor-de-rosa. Tinha a intenção de empurrá-la para baixo.

Com o braço erguido, deixando o escudo em riste, investiu pesadamente contra a inimiga. Esta, por sua vez, ao faltarem menos de dois palmos para ser atingida, saltou sobre Hortência, pegando impulso extra ao pisar no braço do exoesqueleto, parando, enfim, atrás dela.

Do outro lado, a capitã armazenava mais e mais energia nas próteses a cada passada rumo ao centro da passarela. Mas a motoqueira de tranças azuis se movia de maneira muito veloz e desferiu um golpe repentino com a espada. Sem pensar, Margarida teve o reflexo de se defender com a tonfa e, como tinha bastante inércia, posicionou-se para dar um soco nela com o outro braço. Entretanto, a rapidez da inimiga a surpreendeu novamente. Sentiu um violento impacto no peito. Havia levado um chute que a derrubou lá embaixo.

Margarida abriu os olhos com dificuldade. Não conseguia mexer o braço esquerdo, seu ombro doía demais. Sentiu que estava molhado. Poderia ser uma fratura exposta ou um estilhaço do seu exoesqueleto partido perfurando sua carne. Mas sequer parou para averiguar. Olhando para a passarela acima, viu Hortência em apuros.

Ela estava cercada. A motoqueira de tranças cor-de-rosa se preparava para golpeá-la nas costas e a de tranças azuis atacava seus escudos frontalmente.

Com precisão sobre-humana, a inimiga de cabelos cor-de-rosa desferiu uma espadada em uma pequena porção do duto de ar comprimido exposto para fora da blindagem, responsável pelo acionamento pneumático de uma das pernas de O Tanque, rompendo-o. Como consequência, Hortência não podia mais mover a pesada perna do exoesqueleto.

Um relâmpago lá fora lançou um clarão no combate sobre a passarela. Vendo aquilo, a capitã se lembrou da outra vez em que elas encontraram O Tanque, próximo ao bar. Naquela ocasião, se limitaram a procurar por pontos fracos na blindagem.

Aflita, Margarida ainda não sabia o que fazer. Entretanto, o único objeto ao seu alcance era o fuzil. Estirada no chão, mordeu os lábios e se contorceu para desprender a arma das costas. Porém, com as IGAs próximas uma da outra, o disparo seria inefetivo.

A motoqueira de cabelos cor-de-rosa rompeu mais uma linha de ar comprimido com outra espadada precisa. Agora, Hortência não conseguia mais mexer nenhuma perna do exoesqueleto. Estava presa dentro de O Tanque. Além disso, qualquer queda agora seria letal, pois não dispunha mais dos potentes amortecedores.

Ao não conseguir mais mover as pernas, Hortência entendeu o que estava acontecendo. A inimiga de visor rachado à sua frente estava somente a distraindo enquanto a outra desabilitava os membros do exoesqueleto. Não deixaria elas seguirem adiante. Agiria rápida e impulsivamente.

Lembrou-se que a capitã descobrira que precisavam separá-las para que cada uma ficasse vulnerável a um tipo de ataque diferente. Acionou o holofote no ombro do exoesqueleto repentinamente, atordoando a inimiga à sua frente com a luz intensa. Com um dos braços, a abraçou firmemente. Com a outra mão, segurou o parapeito da passarela e se puxou bruscamente, lançando-se para baixo com a motoqueira de tranças azuis e seu escudo sônico, os manuscritos, e toneladas de ferragens de O Tanque sem amortecimento.

Deitada e com apenas uma mão, Margarida apontou o fuzil sônico para a motoqueira de cabelos cor-de-rosa na passarela. Disparou enquanto Hortência ainda estava no ar, caindo. Apesar de a mira não ter sido perfeita e a arma cair com o recuo, o tiro atingiu a motoqueira lá em cima e a despedaçou. Fragmentos do seu corpo e de sua vestimenta se espalharam pelas estantes adjacentes.

Embaixo dos escombros de O Tanque, a motoqueira de tranças azuis começou a se mexer. Com uma força sobre-humana, empurrou as ferragens para o lado, se liberando. Ergueu-se com os manuscritos sob o braço, mas a espada havia se perdido na queda.

Margarida a acompanhava com o olhar, apreensiva, já que não teria condições de se defender. No entanto, ela foi mancando na direção da saída.

Com muito esforço, a capitã tomou fôlego para falar, antes de perder a consciência:

— Felipe… uma motoqueira vai sair… Intercepte-a com a metralhadora…

Sem demora, o piloto, que já pairava próximo à biblioteca, conduziu o multicóptero até perto da entrada e disparou contra a motoqueira quando ela estava no topo da escadaria.

Uma saraivada da metralhadora de projéteis de grande calibre e cadência de tiros espantosa foi suficiente para dizimar a motoqueira.

Os manuscritos envoltos no trapo caíram e foram quicando escadaria abaixo sob a chuva.

Som de um disparo de pistola abafado por barulho de hélices. Margarida acordou no hospital com aquela memória ecoando em sua mente. "Teria sido esse o fim de Áquila? Será que finalmente ficou livre dos seus fantasmas?", refletiu a capitã.

Olhou pela janela e suspirou. A visão dos arranha-céus e dos jardins nas plataformas que os conectavam, contra a luz do pôr-do-sol, não tinha graça. Do outro lado do quarto, a poltrona estava vazia, Hortência não estava ali. Margarida deixou escapar uma lágrima enquanto alisava o pingente de coruja — queria sentir orgulho da pilota condecorada que escolheu se sacrificar para separar as motoqueiras e deixá-las vulneráveis. Mas, no momento, só conseguia sentir tristeza pela perda da amiga.

Viu a lente de contato e o fone no móvel ao lado da cama, bem como um buquê de flores com um cartão, e uma cadeira de rodas em frente. Tentou pegá-los, mas sua mão não se mexia. Uma sensação esquisita lhe tomou o lado esquerdo do corpo, não sabia se o seu braço estava queimando ou congelando. Afastou o lençol com a outra mão e viu que não tinha mais o braço esquerdo.

Tentou não pensar nos seus infortúnios naquela hora. Estava ansiosa para ficar em dia com as novidades, afinal, não fazia ideia de quanto tempo estivera desacordada. Desajeitada, colocou-se sentada na cama usando apenas uma mão, e se esticou para alcançar seu computador de vestir. As costelas doeram.

Com a lente e o fone colocados, pegou o cartão junto ao buquê de flores. Eram de Rosa. Fez uma chamada de vídeo para ela imediatamente.

O rosto da telepata se projetou na lente de contato de Margarida. Ela estava mais deslumbrante do que nunca. Parecia relaxada e alegre em seu escritório no museu.

— Meg! Que saudades! Como você está?

— Ganhei cicatrizes novas… mas estou melhorando. Não vejo a hora de me atualizar. Novidades?

— Eu sabia que perguntaria isso! O processo com juiz virtual foi extinto e lançaram o trailer do documentário sobre o hacker Quimera: "Hacker Overdrive". Vai ser um sucesso. Já pode agendar, vamos ver juntas!

— Bom. Vúlpio mereceu. E sua mãe certamente vai gostar de receber os royalties. Vou visitá-la para me certificar de que está bem.

— Tem mais uma coisa que achei estranho… Um senhor distinto me procurou para organizarmos uma exposição de artefatos romanos. Ele vai arcar com todos os custos, até os ingressos! E o que é mais curioso, ele disse que só lhe falta um item na coleção. O pingente de Minerva que, pela descrição dele, é igual ao seu!

Desconfiada, Margarida apertou o pingente e arregalou uma sobrancelha. Rosa olhou para a porta, alguém entrava em seu escritório.

— Meg, o senhor Avantefronte está aqui para discutirmos a exposição. Assim que a reunião acabar, vou buscar você no hospital. Até logo, flor!

A capitã conhecia aquele nome e não gostou do que ouvira. Mas seria uma preocupação para ser tratada mais tarde. Agora, precisava se inteirar dos assuntos da organização.

Arrancou as sondas do corpo, e apontou para uma das paredes, para projetar suas mensagens ali.

Margarida estava copiada em uma sequência de mensagens informando que o desenvolvimento da vacina contra o vírus D já estava em estágio avançado. Porém, havia uma preocupação de que a ameaça de Set não fosse crível o suficiente para que as pessoas quisessem se imunizar. E, caso uma só pessoa não fosse imunizada, seria uma brecha para Set vir ao mundo físico. "Lidar com isso ainda vai se tornar uma série de missões. Preciso estar preparada", concluiu a capitã antes de se lançar na cadeira de rodas.

9 798858 729365